LOCUS

LOCUS

LOCUS

LOCUS

to

fiction

to 143
群島有事

作者：朱宥勳
編輯：林盈志
封面設計：簡廷昇
內頁排版：江宜蔚
校對：呂佳真
出版者：大塊文化出版股份有限公司
105022台北市松山區南京東路四段25號11樓
www.locuspublishing.com
locus@locuspublishing.com
讀者服務專線：0800-006-689
電話：02-87123898　傳真：02-87123897
郵撥帳號：18955675　戶名：大塊文化出版股份有限公司
印務統籌：大製造股份有限公司
法律顧問：董安丹律師、顧慕堯律師

總經銷：大和書報圖書股份有限公司
新北市新莊區五工五路2號
電 話：02-89902588　傳真：02-22901658

初版一刷：2025年9月
定價：新台幣380元
ISBN：978-626-433-064-0

群島有事

朱宥勳

Islands in Peril

Chu Yu-hsun

目次

推薦序

在《群島有事》中尋找未竟的共同體

阿潑

這幾年頻頻造訪金門，讓我清楚認知到，金門和台灣在歷史背景上有明顯的差異，而那影響了彼此的情感、觀點和認同。例如，在民國四年設縣的金門，始終在中華民國體制下，台灣卻是在中華民國建國三十四年後，才和這個國家產生關聯。

然而，中華民國在台灣，不在金門。金門則為了保衛「在台灣的中華民國」，長期擔任前線的角色，捱過比戒嚴還嚴峻的戰地政務，忍受單打雙不打的砲彈攻擊。但在今日，台灣的中華民國印記漸漸淡去，台海危機因此再起，戰爭在彼此之間，成為一個尷尬的話題，每每聊及此，當地人語氣輕鬆地跟我說：「中共不會打金門，要打，會直接打台灣。」甚至反問我：「你覺得如果中共攻打金門，台灣會保護我們嗎？」

當時希望和中國談定和平協議的政治人物也向我強調：一九五五年，中（台）美共同防禦協定簽訂的時候，並不包含金門、馬祖。他們必須替自己找到生存之道。

這其實很容易理解，畢竟，打從台灣政治人物提出金門撤兵論，而駐守金門的軍隊日漸減少後，金門人感受到的是「背叛」——過去金門有多以「反共前線」為榮，今日就受多大背離的傷害。更不用說，因長期處於戰地政務體制中的相對剝奪感。提及此，不論我有多少的理由可以說，此時，都只能沉默。

如果過往的黨國教育灌輸我們：「台灣」是中國的邊陲，一個無足輕重的化外之地，那麼，在今日「台灣本土意識崛起」的時代，金門又何嘗不是台灣的「邊陲」，被輕忽的離島？在這種相對的階級與排他意識中，居處閩粵文化圈的金門只能往中原（大陸）靠攏，以鞏固自己的主體性。

如果能從金門人的角度來理解某些歷史或情緒，雖然就不太容易產生本位主義，但問題還是擱置在那裡：台灣和金門（甚至馬祖）之間有沒有「平等」的可能？如果金門（馬祖）真的要公投，會發生什麼事？戰爭開打了，台灣有沒有可能出兵救援？又怎麼解決駐軍不足的難題？

甚至，讓人懷疑：金門（馬祖）跟台灣，真的能成為一個共同體嗎？

這類問題如果是以非虛構或評論來處理，恐怕是盍各言爾志，各人有各人的意見和道理，事情還沒有發生，無從驗證。於是，爭論仍是爭論。但如果是將這些問題意識，以虛構小說的方式來回應呢？我從來沒想過這個可能，因此，讀到朱宥勳的《群島有事》著實令我吃驚：他以自己的想像和創作力，一一梳理了台灣與金馬之間難以言盡的心結與無法克服的困境，並提出解決方法（儘管還是有犧牲）。

《群島有事》的故事直敘為：金門出身的青年陳文萱，原本希望透過宣講阻止一場即將舉行的「返鄉公投」——願不願意和廈門合併施政，金廈同城——卻在總統親臨現場並發表重要談話時，遭到中國對金門的突襲。當金門陷落，她帶著在金門喪命的丈夫骨灰，回到丈夫出生地馬祖，未料，此時馬祖也面臨空襲與軍事壓力……朱宥動最後以別於傳統軍事部署的國家意志，及重新理解「共同體」的可能性，為這地緣政治的難題，擘出一個希望的指引。

若不論最後的「外一篇」，這部小說是以上下半部來分出敘事視角和結構：上半部透過旅台馬祖青年曹以欽因死亡而生的全知視角，概括說明了台灣與離島的歧異與認同糾葛，以及新一代旅台金馬青年如何對抗上一代的國族意識，並實踐自己的理想；透過金門遭解放軍占領的轉場，鋪陳下半部兩個離島世代，以及台灣和離島之間的和解與合作。

和解與合作，自是源於最初的分裂與歧異，也就是我在此文前半部叨唸的問題。創作者大可以在這斷層中，增加更多的裂口，製造更大的戲劇性，走向反烏托邦的路徑，朱宥勳卻是溫柔地往理想的方向鋪陳：例如，青年們以「群島」的概念和上一代的「離島」認知分庭抗禮（這群島的概念中，也包含台灣），即是盡可能地讓台灣本島和金馬之間沒有主從、大小、位階的落差，而是「平起平坐」、同聲連氣。他甚至大膽地藉著主角之口，提問：

「……我們的社會又敢不敢想像，一個出身於金門或馬祖的總統？」

這個提問大膽而新穎，而台灣總統蘇敬雅在金門的談話，更是進一步讓人反思「群島」形成共同體的可能：

「我們每一座島嶼的兒女，可不可以先是金門島人、馬祖島人、澎湖島人、台灣島人、綠島人和蘭嶼島人，再一起討論，我們想要一個什麼樣的國家？或者覺得『國家』這個字眼太抽象的話，我們可不可以一起討論，我們想要一個怎樣的家鄉？」

《群島有事》這部小說打著虛構的外衣，但故事元素卻直指真實，不論是金門馬祖的地名、景觀，或是憲政制度的實作，乃至民間團體的倡議，無一不讓人可以對照現實存在的物事，但又在這確實存在的物事中，賦予「假想」與「可能性」的辯證。

當然，朱宥勳也沒有為了「暢談政治理念」而偏廢文學性，上半部的水，與下半部的鳥的活用，都很精彩。

而在政治真實之外，朱宥勳還借用了金門的曲腰魚與馬祖的白鶺鴒作為象徵，為島群複雜認同和文化影響，再加深一道想像的空間：曲腰魚是金門的外來種，透過福建引水，進了金門，成為其隱患；白鶺鴒亦是一種從中國北方定期遷徙至馬祖的候鳥，但成了馬祖的風景。這兩種生物雖有中國對金馬的影響，但曲腰魚和白鶺鴒卻也是台灣能見的物種，也暗示著兩岸與金馬的連帶關係。

而小說中白鶺鴒會在重要關頭大舉出現，彷彿是某種預言，也像是無聲的召喚：這些看似邊陲的小島，其命運或許從未真正脫離台灣，甚至可能在關鍵時刻成為整個國族存續的試金石。

這些生物的描寫不僅增添小說生態美感，也與主題緊密纏繞：當生態能跨海漂流、定期遷徙，人是否也能跨越疆界與認同的鴻溝，重建政治與情感的連結？

《群島有事》是一場對邊陲的召喚，也是對中心的質問。在台海關係緊張，而金馬屢屢遭到中共軟性攻擊的時候，朱宥勳在《以下證言將被全面否認》之後，繼續台海危機（戰爭）為題，以虛構手法來勾勒眼前的事實，以小說來記錄當代的歷史，可以體會其野心和企圖。

我相信，小說的虛構情節即使不是預言，也是政治劇本草稿，或是讓我們有所依循的盼望。很高興能看到這麼一個單刀直入群（離）島議題的作品，其不僅以文學的方式對抗地緣政治的冷酷，並在過程中，展示一種柔性的、具有島嶼性格的共同體想像，一如小說最後的諭示：「沒有一勞永逸的辦法，沒有任何堅固的終局可以期待……然而島嶼過去能在這裡，未來就總有繼續下去的辦法。只是，也許要很努力、很努力，才能在新的風勢裡站穩腳跟。」

推薦序

吹哪裡的風？·芹壁的風：《群島有事》與「地緣出身」

張亦絢

我沒想到，我會讀這本小說入了迷。我自認對宥勳小說的獨特性不無理解，但這次我實在感到驚奇了。第一部，就是沉入水庫裡的死者對我們說話——我幾乎以為進入某些推理小說——那種文筆很好卻不張揚，氣氛迷離，但完全不知會把我們帶到哪裡的作品。

為什麼死者說話，那麼吸引我們？我邊讀邊興味盎然地想著。答案有比較一般的：因為人對死亡向來有很原始的牽掛。有文學的：因為「我死了」，這種合乎文法，但很難出現在經驗中的句式，正是小說專利——讀小說的樂趣，就是進入原本進不去的空間，聆聽通常聆聽不到的敘事者。

第三個「死者之力」則仰賴敘事本身的內容。小說這樣寫道：「直到我陷入整座水庫的水體裡，我才知道，原來我一生都不曾真正認識『水』，不知道它們是一種有意志、有情感、能動作的族類。」一個活著的地理老師也可以做類似的描述，但緊張懸疑的效果不會那麼顯著。此外，儘管小說中的「田浦水庫」具有被宣傳為「兩岸共飲一江水」的政治象徵性，「水」元素串起的聯想，卻遠大過人工湖中的水。——那是關於島嶼的特性：島嶼的雙重性就在於，不只有陸界，也被水域定義。因為這個奇妙的水中發聲座標，小說家得以放開了寫，而注入了音樂性。

書名《群島有事》就蘊含許多意思。老牌的系列紀錄片叫「我們的島」，讀著這本小說，就會想，是「我們的島們」或說「我們的諸島」呀。你會怎麼畫「我們的諸島」？除了鯨魚大島，你會至少畫出金門、馬祖、蘭嶼、綠島、澎湖與小琉球嗎？多年前，我在某處翻一本厚重的攝影集，描述了馬祖曾經受到的攝影管制，使我大受震動。後來只要看到相關書籍，就會忍不住注意。我記憶深刻的，還有牽起金門與南洋史的紀錄片《落番》。

打出「台灣人不可不知金馬事」的《斷裂的海》，爬梳「重新發現金、馬」的背景，追到二〇一四年的克里米亞公投。據說當時國際學界提問，「金門是否會成為台灣的克里米亞？」而受陸委會所託做出的研究，在二〇二〇年的答案傾向「不會」。關注離島的出版社與書籍，這幾年有風潮之勢。然而，我固然感覺增加了知識，確認了諸島豐富的「不同一性」，往往也還有種空空落落的不踏實感。少了什麼？《群島有事》讓我豁然開朗。那就是：「但是我們記得未來」[1]。——「金馬故事」指向的不再只是過去或現在，而是從未來回探。

基本上，第一部圍繞著「個人的死，在更大的死之中」。第二部，則「從水下浮出水面，從陰間回到陽間」——試圖「回答這些死」。主角是對年輕小夫妻，妻為金門人，夫生馬祖——也可以看小說是愛情故事。台灣又選出了女總統，且是有總統夫人的女總統——女同志身分，並不扮演情節樞紐，而是「就在那裡」——但還是有對比的作用：在都選得出女同志總統的那天，台灣在諸島平等一事上，是否有進展？

「綠子藍父」是不少金、馬人的寫照，但小說更澈底——藍父不只藍，還是兒子對抗且隱藏彼此關係的「大立委」。因此，在故事裡，橫向有金、馬結伴，縱向則是藍綠兩世。一般是子承父志，大立委會怎麼面對「孽子死後」？這不只是父子關係，也牽動台灣立法院的運作，甚至國體變化。

父子或兩代的「和解」與「和不成」本是文學母題（小說中的父子感情也寫得非常動人）。因為無論就人生或社會來說，它都具有重要性。牽涉到的並非感情氾濫，而是它與每段個人史的重校有關——在最好的情況下，每個人的立場，都會細緻化。小說在這部分的往復校準，可說相當精彩。作為外一篇的〈水牛的影跡〉，再次將兩代和解的主題，與戰爭和美術史交織。我對這篇還有奇怪的反應——哪個城被炸，我都還茫然，但說「中山堂」被炸，我馬上炸毛了。

子之死也是父之死（有子尚在母腹中）。情節來說，是參與政治，導致對暴力無

---

1 夏宇在〈繼續／繼續／繼續〉有詩句：「但是我們不記得未來」。

從防範的脆弱。象徵而言，是殉道。——然而，原本兒子未嘗必須走到這一步，如果早有「另一種父」。這當中的「找回父親」，令人深思：什麼是子輩難有，而父輩不虞匱乏的？犧牲，會不會白白犧牲？尤其，值此同時，曾被不少人寄望其國防專業的國民黨立委陳永康，甫提案〈兩岸人民關係條例〉第二十九條條文修正案，欲將金、馬水域執法「主權淡化」。遭「經民連」斥為「令人不寒而慄」。——「群島果然有事」。而政治的暴烈，是否已遠超我們想像？

「他們什麼都不知道，但什麼都是他們決定。」——像這樣感情深沉的段落，小說中比比皆是。這裡說的是「覺得自己是馬祖人，而非台灣人的瞬間」。新世代希望以「群島」對抗舊世代的「離島」：在「群島」中，「也要有台灣（島）」——這個立場點破了，除了「知與不知」外，不同的編列諸島幾何法則，其實會構成不同的政治力學。

我一向認為，台灣文學要能夠寫戰爭。——並不是為展現預知力或恫嚇——而是，繞開這個主題，反而會形成壓抑的黑洞。寫戰爭未必等於寫實——而是對「不可逆」加以思考。凡寫戰爭，很容易會被以這個或那個情節，判定現實中的「軍事劇本」並不會如作者所寫的發生。——然那既不是閱讀的唯一角度，更不構成否定作品的理由——文學完全是「另一回事」。《群島有事》寫出「地緣出身」[2]對每個人的情感與政治作用，使其成為令人動容之作。而「地緣出身」或許總不止一個。誕生時有一個，每一戀愛帶來另一個。它既使我們與他人衝突，也使我們與他人相認相愛。這是《群島有事》中，令我喜歡的原因之一。就像喜歡「芹壁的風」一樣，深深喜歡。

1「地緣出身」借自陳泳翰，〈背負曖昧歷史之地，台灣社運是否有馬祖人的位置？〉，《新活水》，二〇一八年九月。

自序
小說應該要有彼此吧

寫《群島有事》的起點，在二〇一八年的一次馬祖之旅。

我和謝宜安的旅行，一定會走訪大小廟宇。我不太懂建築、宗教，但我喜歡讀楹聯、碑記，從內容到風格，乃至於執筆或落款的名字，往往都有可玩味的歷史線索。其中，我們每見必嘲笑的，是某種錯亂的紀年方式——台灣的各種碑文或文案裡，常有「民國前十六年」到「民國三十四年」之間的年分紀錄，這往往都是國民黨來台之後才「偽造」或「覆蓋」上去的。因為這段時間，是西元一八九五年到一九四五年之間的日治時代，那時候不可能採用民國紀年。所以，什麼「民國二十二年立」或「民國前三年創立……」之類的詞句，正是國民黨抹殺台灣歷史的慣技，以及證據。

我們在馬祖遊玩的幾天，就看到不少「民國十幾年」或「民國二十幾年」的字樣。

一開始，我們以為這是馬祖的政治氛圍使然——即使我不太懂馬祖歷史，也刻板地知道這裡「很藍」。所以，沒有那麼「本土化」，常有紀年被塗改，好像也是可以理解的。然而，連續看了幾天，竟然每一處都「寫錯」，我也不禁狐疑起來。國民黨雖然有抹殺記憶的傾向，但做事並不細膩，不太可能「抹得那麼乾淨」，總會留下一些蛛絲馬跡。我們在馬祖幾天，竟然完全沒看到日治時期的痕跡，「乾淨」得異乎尋常。

熟知馬祖歷史的讀者，應該發現了。我犯下了非常基礎的錯誤。

——馬祖根本沒有「日治時期」。

（不只馬祖沒有，金門也沒有。）

所以，那些放在台灣萬分愚蠢的民國紀年，在馬祖和金門，竟是完全正確、尊重歷史的。

習慣看到日治痕跡的我，才是那個搞不清楚歷史的人。這一醒悟，讓我五味雜陳。在台灣，本土文化與歷史是前人爭取百年，好不容易才在近年有點成果，能夠進入教育、媒體與創作的主流視野。即使在我落筆此時的二〇二五年，我們還得繼續跟視本土文化如寇讎，以「要飯」一詞羞辱所有文化人的國民黨立委對抗。然而，我們勉力爭取與守護的「本土」果實，移置到馬祖（以及金門）的脈絡裡，就會變得頗為荒謬了——對當地人來說，國立編譯館的「認識台灣」系列課本，顯然與「本土文化」沒什麼關係。

「本土」一詞本就沒有固定的內容，是隨時空位置而改變的。我理論上知道，但直到去了馬祖，我才深切認知到這件事。

而我也因此，對於馬祖的「偏藍」印象，有了新一層面的領悟。在台灣，日治時期是本土意識的源頭。因為在這段期間，「被祖國拋棄」、「與祖國分離發展」以及現代化程度超過中國各省等因素，使得台灣開始與中國分道揚鑣，「台灣人認同」也由此形成——我講得非常粗略，更縝密的版本請見吳叡人教授的《福爾摩沙意識形態》一書。這是長久以來，本土文化論的基本框架。如果這個說法大體正確，那反過來說，沒有日治時期經驗的馬祖與金門，始終對台灣的本土化浪潮無感、甚至覺得格格不入，那也是非常合理的。畢竟，在他們的歷史經驗裡，「中國人認同」是從未中斷的。台灣之「本土」，對他們來說，才更像是「外來」的東西。

+

後來我們再去金門，又是別樣的風景。

金門也沒有日治時期。但是，金門經歷了明代、宋代，甚至可以追溯到唐代。謝宜安這次更換了目標：他要看貞節牌坊。因為他的碩士論文，就處理到不少明清之際「節烈」的故事。金門有許多比台灣更加古老的牌坊，包括著名的「三大牌坊」：邱良功母節孝坊、一門三節坊和欽旌節孝坊。我欣然從之，因為牌坊上面同樣有楹聯可以看。結果，才到第一站「欽旌節孝坊」，我就大受震撼。

整座牌坊有四對楹聯。其中就有三對，是由進士執筆的。

進士耶。如果在台灣，鄉里之間要是出了一位，祖厝都會變成「進士第」，津津樂道上百年的等級（……不要說是進士了，就算是舉人都矜貴得不得了）。但在金門，一座附近沒什麼人煙的牌坊上，就可以隨便遇到三位。

再一細看，三位執筆的進士裡，竟然還有一位，是連我這樣只對台灣古典文學略知皮毛的人都認識的大名字：蔡廷蘭，人稱「開澎進士」，是澎湖第一位也是唯一一位進士。原來他的祖籍就在金門。他雖然住在澎湖，但顯然與金門還有不少人際連帶，才會被請來「站台」吧。在我和謝宜安聊到「開澎進士」這個稱號，並且順藤摸瓜地點開「開台進士」鄭用錫的頁面給他看時，我們赫然發現：鄭用錫，台灣第一位進士，祖籍也是金門！

這一查，打開了新世界。自有紀錄以來，金門出了四十四位進士，參將以上的武將五十人，是一個在體制內非常成功的島嶼。金門人也對此頗有自覺。金城鎮上的

「浯江書院」，是科舉時代的官辦最高學府。現今，在這座古蹟的講堂裡，左右兩側的牆壁掛滿了寫有人名的木片。右側牆上，就是金門歷來進士與參將的名錄；左側牆上，則都是金門出身，拿到博士學位的名單。

如此重視「功名」，真是十分純正的漢人風味。

（做個比較：台灣歷來的進士總共三十三人——而且還算上了金門出身的鄭用錫。）

金門的朋友提到這些，驕傲之情溢於言表。他還補了一句：

「真要說起來，金門是全世界唯一，漢文化沒有中斷過的地方。」

台灣有日治時期，中國有共產黨和它帶來的文化大革命。而金門，這個又邊陲又上進的島嶼，反而成了封存一切的時光琥珀。雖然伴隨而來的，還有另一位朋友的諄諄告誡：如果交了金門的伴侶，結婚前要三思，這裡的家族傳統非常強大，不是台灣青年人可以想像的……。

知道得越多，我就越想寫《群島有事》，卻也越為難、越擔憂。

作為一名旗幟鮮明的本土派作家，我長年投注心力，研究被國民黨封藏掩埋的台灣文化。對於我們這一代人來說，「台灣」早已是所有思考的出發點，不只是社會關懷的核心，也是一整套嶄新品味（相對於國民黨扭曲版本的「中華文化」品味）的核心。我也在多處提及，我們這個世代最顯著的特徵，就是重新連結日治時期以降的台灣文學傳統，有意識地援引、對話或批判台灣前輩作家，而不再如同戒嚴時期的某些作家，總是無視本地脈絡、全心投入西方或中國的傳統。

我自己也這樣寫。在我的文字裡，總是隱然有日治以降的歷史回聲。我認為這套想法，是「回到了文學史的正軌」，若非國民黨橫加斬斷，台灣本該如此。每個國家的文學人，都會回應自身的文學傳統。所以，台灣作家回應台灣文學傳統，有什麼問題嗎？

然而一旦考慮起馬祖、金門的案例，一切又都不是那麼確定了。

另一方面，在近年台海局勢險峻，戰爭風險節節升高的當下，我又認為台灣人更迫切需要思考馬祖、金門的問題。在三年前的《以下證言將被全面否認》裡，我以「假想未來」的方式，寫了台海戰爭主題的小說。當時雖然也稍微提及馬祖，但還是以台灣為主要視角。小說出版後，我繼續發展同一主題，還陸續寫了一些短篇。然而，我越寫越放不下馬祖和金門，越發覺得我該換一個角度，把重心放到「政治上與台灣綁定、地理和文化上卻在海峽另一邊」的島群們……。

對我這個立場的人來說，它們實在太耐人尋味，也太棘手了——簡直就像是文學本身。本土派的我，不可能同意馬祖、金門主流的政治立場；但同一時間，我也確實覺得他們的政治選擇其來有自，並不是全然不合理。情感上，我希望能持守現有的共同體邊界，在台海的危局裡，找到一起抵抗中國侵略的可能；但在現實上，現有的軍事科技與兩岸的武裝實力，又讓我們必須承認，如果中國侵略馬祖與金門，說台灣政府「鞭長莫及」恐怕都太含蓄了些。更別說，雖然台灣人常常合稱「金馬」，但它們彼此的差異甚大：歷史悠久並以此自豪的金門，有長期被忽視、成為邊陲的相對剝奪感；而原本根本不屬一體的「四鄉五島」，則是被中華民國強制扭成一束，才形成「連江縣」這組虛幻的地理空間……。

《群島有事》便是我思考這一切糾結的嘗試。在寫作的過程裡，我越來越有一種荒謬的無奈感：其實，在台灣與中國互相對抗的格局下（或者要說是中華民國與中華人民共和國的對抗格局也行），馬祖與金門完全是無辜遭受波及的。先是中華民國／台灣需要一個前哨站，來製造守衛台海的戰略縱深，所以才把它們綁進了台澎金馬體系，並沒有問過島上居民的意見；而在軍事科技進步、政治局勢變化之後，金馬的戰略地位下降、中國統戰力度加強、台灣本土化運動興起，種種推力拉力，又使它們感到被排擠於台澎金馬體系的遠端。

如果想過這些，就沒辦法像我許多本土派的友人一般，天真地發問：「為什麼馬祖／金門這麼親中？」

完全可以一句話講完：是我們自己把人家拉進來，又把人家擠到旁邊去的。

然而《群島有事》，仍然是以我非常天真的一種想望為核心。有沒有可能，我們能重新塑造一個「群島」的共同體，在這個共同體裡，我們可以從「台灣本土文化」，變成複數的「群島本土文化」？進而，從「台灣認同」，變成複數的「群島認同」？如果有這樣想望的人，面對最嚴酷的台海戰爭局面，會遭遇到哪些困難？

這便是我在幾次重寫初稿的過程裡，慢慢確定下來的核心。

而我是抱著擔憂的心情，把這本書寫完的。不是擔憂寫得好不好——這點應當交給讀者裁決，我所能做的只有全力以赴。我擔憂的是，作為一個台灣人，即使我非常喜愛群島的多元文化，也稍微做過一點研究，但我真的夠格寫這個題目嗎？即使小說有虛構的特權，但像我這樣虛構了《群島有事》那樣一種立場的夫妻，會不會是一種僭越？如果有馬祖人或金門人對我的小說皺眉，嗤笑「才不會有人這樣想」，那我是沒有什麼立場反駁的。

然而，我還是決定這麼寫了。確實，我沒有資格代言馬祖人和金門人。但是，有另一種憂心，是大過於上述擔憂的：那就是，台灣人實在太少關注馬祖、金門的議題了。在台灣熱切討論民防韌性、國防政策、國際局勢，為了漢光演習的進步而感到鼓舞時，很少有人思考過，在台灣海峽的另一邊，正有兩組情勢非常危急，我們別說不知道該如何保護、甚至都不確定該如何溝通同理的島嶼。因此，就如同我寫《以下證言將被全面否認》，是為了與讀者一同思考迫在眼前的台海戰爭議題；我寫《群島有事》，也是希望讀者，主要是台灣人讀者，可以有一個稍微靠近、稍微理解馬祖與金門的契機。

+

說到這裡，我或許該稍微交代一下《以下證言將被全面否認》和《群島有事》之間的關係。

如果順利的話，這兩本書應該會是我的「台海戰爭三部曲」前兩部。《以下證言將被全面否認》假想二〇四〇年代，台海發生全面戰爭；《群島有事》則假想二〇三〇年代，中國以「切香腸」戰術奪占外島。這兩部小說，在情節、角色與世界觀上並無直接聯繫，可以視作兩種不同的「想定」或「思想實驗」，均為獨立作品。雖然第三部連八字都還沒有一撇，不過應該也會是另一種想定、另一種思想實驗。如此，這個系列就能探索同一議題的多種可能性。

《群島有事》本體由一部中篇和一部短篇組成。〈群島有事〉此一中篇，便是讀者接下來會看到的，由「第一部：水尾」和「第二部：風頭」所組成的連貫故事，主要角色和場景，都設定在金門與馬祖。比較需要說明的，是「外一篇」的〈水牛的影跡〉——這篇小說毫無金門、馬祖的線索，放在這本書裡，或許令人疑惑。然而，正如〈群島有事〉裡面反覆致意的，「某島的事情，應當要有另一島的人參與其中。」既然本書的核心是「群島」的共同體故事，那自然可以有金門、馬祖，也可以有台灣。

甚至，我認為必須有台灣，且必須是以「外一篇」的、「並非主軸」的形式，出現在本書。在我的小說裡，台灣已經擔當很久的主角了。直接將台灣拿掉，又彷彿在欺瞞我的視野與位置。所以，將台灣置於「外一篇」的配角、附錄地位，或許正是在《群島有事》裡，我可以稍稍做到的平衡。

最後，說回馬祖吧。這組在我多次前往之後，越來越讓我迷戀的島嶼——也正是這種迷戀，讓我不願去「想定」一種輕易放棄它們的戰爭局面吧。人在台灣的時候，我常常說自己是「一半本省人，一半外省人」。其實，當我踏上馬祖時，我仍是「一半本省人，一半外省人」，只是剛好對調位置——因為我的父親是來台很多代的福佬人，而我的母親是一九四〇年代來台的福州人後裔。

馬祖，正是福州文化圈的一部分。即使我已經一句福州話都聽不懂了，但我還是能從馬祖話的某些腔調裡，想起我外婆說話的聲音。我自小吃慣、在長大之後越來越少見到的許多菜色，在馬祖仍然是日常的一部分。這點我就不再贅述了，讀者應該能從小說裡輕易察覺，我對某些馬祖吃食的熱情。

除此之外，我與馬祖人還有另一重緣分：我住在桃園、八德一帶。也是稍做功課之後，我才赫然發現，原來桃園正是馬祖人移居台灣時，落腳最多的地方。我們家附近的工業區，正是一九六〇年代之後，大量馬祖人來台工作的第一站。離我們家最近的菜市場裡，好幾家有名的蔥油餅，原來也都是馬祖移民開的。在二〇二五年，我邀請父母親一同去馬祖遊玩，我順帶在那裡補完最後一點田野調查。一路上，福州人母親彷彿也回到他年輕的時候，一一點評那些我完全沒有印象的菜餚，信手拈來都是我從未聽過的，外公外婆的故事。然後他不經意提了一句：你知道嗎？桃園老家對面的那戶鄰居，就是馬祖人呀。

哇，馬祖人真是無處不在，我怎麼都不知道呢？

對呀，我們一直都不知道，一直都沒有好好問過、聽過、想過。

那就只好努力寫了。這是我即使擔憂，仍然還可以致力之事。遂有了《群島有事》——希望我的虛構不至於錯解了人心。

最後的最後，要和東莒的饅頭小朋友說聲謝謝，和對不起。謝謝你陪我們到處找餐廳，也很對不起，在你問「你們的工作是什麼，為什麼不請假留下來」以及「下次你們什麼時候會來」的之時，無法給你確切的答案。如果，如果——你在多年以後，如果能讀到這本書，不知道會不會比較能夠理解，我一時語塞背後的思緒糾結呢？

你告訴我的直升機，我有偷偷寫進小說裡喔。

是為序。

第一部　水尾

他覺得海太可怕了，彷彿自己整個人就要被海壓倒似的，正當他想轉身回去的時候，偶然發現到前面靠近白色浪頭的海濱，正有四五個人聚在一起。

——呂赫若，〈風頭水尾〉

1

田浦水庫裡，一具男性身軀，正面朝下漂浮著。

那是我的。

很夜了，湖面有如暗室中的鏡子，鏡面內外兩個世界的影像都沒人看見。在第一批觀賞日出的觀光客抵達之前，暫時還不會有人發現我的新死。

載我來的那輛休旅車已經駛離，就像來時那樣低調，只引起了些許不大的波紋。沒有人看見那些波紋，也沒有人察覺休旅車微微散發出來的新鮮血腥味。包括我自己，也不算真切地「看見」。幾名精壯的、理著剽悍短髮的男子，剛剛才將我的身軀甩進田浦水庫。我不認識他們，但至少還慶幸一點：他們和一般的殺人犯不太一樣，沒有為了更徹底地隱匿罪跡，而將屍身分解；也沒有為了拖延事發的時間，在我屍身周邊繫上重物。

他們並不在乎——不，幾乎可以說，他們希望我早點被發現。

當然，最先發現我的是「水」。不，這不是在耍嘴皮子，雖然我很樂意博得一個白眼或笑容，如果我還能做得到的話。直到我陷入整座水庫的水體裡，我才知道，原來我一生都不曾真正認識「水」，不知道它們是一種有意志、有情感、能動作的族類。它們數量龐大，並且一體同心。整座島嶼上下左右，所有的水都彼此聯繫，不分鹹淡，都有著互相連通的集體意志，像是我生前看過的蟻群紀錄片。對它們而言，我的身軀落入湖中，與一粒飛沙飄落海面沒什麼差別。然而，在那一瞬間，每一滴水都分毫不差地記住了所有震波。在它們的懷裡，我面部朝下，屍身舒展開來，彷彿只是夜間偷偷戲水的觀光客。細小的氣泡聚集在我的膚表，浸透衣物，試探性滲入我每一處粗細不一的孔竅。我感受到它們好奇旋繞的影跡。它們拂掠而過，推搡著逐漸僵硬的肌肉。然後它們擴散開來，把我的氣味帶到水庫的每一個角落。

於是，魚群也好奇地聚攏了過來。田浦水庫是人為築起的，魚種本不算太複雜——我很瞭解這個地方，我寫過一系列關於「兩岸通水」的報導。大部分的小魚碰了碰我，很快就失去興趣。沒多久，還環繞著我的，大多都是肉食性的曲腰魚了。啊，曲腰魚，這些和我一樣，本不屬於這座島嶼的族類，如今已經繁衍眾多，以這座水庫為樂園了。不過，現在的牠們，似乎不像平常那樣害羞，紛紛從水底的藏身處圍攏過來。曲腰魚挺著微微翹起的唇吻，比水流更加點狀地啄咬漸漸浮腫的我。人類的身體，並不是曲腰魚習慣的食物，牠們嚥不下我那麼龐然的身軀。然而，在一回一回的啄咬裡，我身上剝落下來的皮屑，竟然讓曲腰魚群第一次體味到了「鄉愁」。沒錯，你們認得吧。對你們而言，我周身的氣味大部分都是陌生的，唯有軀幹上那幾十道鈍器重毆瘀血的傷處，散發了一點點曲腰魚群雖然不見得嘗過，卻已然記憶在基因裡的氣息。那是來自窄窄的海的另一邊，另一群古老陸塊上的人，他們身上的暴烈與生臊。魚群因此躁動而困惑，在我身邊又聚又散，終於把我最後的血汗擴散到整個田浦水庫。水從懷抱裡感受到了，於是發出了水域與水域才能共鳴的，類似嘆息的振波。

終於啊，雖然還是沒有任何人類聽到：這是最早最早的開戰訊號，而我是第一名陣亡者。

2

照理說，我不應當還有意識，因為我已經死了。

——我本來想這麼說的。但仔細一想，我並沒有死過，也沒有訪調過任何一名死者，所以其實沒有「理」可以「照說」。即便我現在已經死去，我也沒有見到其他亡靈，可以和他們交換經驗。所以，我也沒有辦法確定，我此刻的狀態是通案還是特例。再說了，就算我能夠搞清楚死後世界如何運作，也沒有辦法告訴任何人。

我甚至也無法確定，我的自言自語，是不是有人在聽。

啊。有點欣慰：和父親的溝通，不是唯一困難的事了。現在，我是與誰也沒辦法心意相通了，對於大半生奔走在群島之間，努力讓彼此稍通聲息的我來說，還真是最精準的刑罰了。

還是說，這就是「地獄」的樣子呢？不是千萬靈魂在煉獄燒烤，而是獨自一鬼漂浮在無人知曉的水域，掏擲無人回應的話語。

然而，我也並非一直意識清醒。死去的那一瞬間，就像猛然灌下烈酒而斷片那樣，所有尖銳的鈍重的疼痛同時消失，連時間感都被徹底擊碎。在體感上，幾乎就是斷片的下半秒，便立即感覺到田浦水庫濃烈的水草腥味，已然掩進了我的口鼻。但我赫然發現，我不會、也無法再被水嗆到了。於是，一點抵抗也沒有地，水流湧進了我的體內，稀釋了我本就損失不少的血液。水前進得很慢，因為早已沒有心臟來協助循環。但是水有它們的意志，也有它們不為人知的動能，一個分子接著一個分子，如同陣地戰那樣的緩慢滲透，還是讓水抵達了我身軀深處，某個內視鏡也找不到的隱密核心……。

我徹底「醒」了過來。

不，沒有睜開眼，不是那種恐怖片的情節。

就只是意識清醒，身軀仍然浮沉著，彷彿裝睡的孩子。

水分子繼續推進，一滴一滴替代我的血液，內內外外占據了我。這不合理，我的記憶如此抗議——猶記得在哪則新聞採訪裡，聽一位法醫說過：死亡後才落水的大體，由於循環系統已經停止運作，水是不可能大舉灌入體內的。然而水並不理會抗議，雖然它們似乎對記憶充滿興趣。如果有人能看見的話，或許會以為，我的肉身正以超乎尋常的速度浮腫、腐敗、潰散，無悲無喜，所有情緒都淡然遠去。但我的感受卻恰恰相反，水分子與微生物所到之處，它們所碰觸的每個部位，所有看似破壞、看似分解的沖刷，都更像是療癒與修復。身體只是回到生命的本來面目，浮腫、腐敗、潰散。漸漸地，湖水徹底占領了每一段微末的管竅，我的意識也隨之越來越清明，甚至超越了此生的任何一段時間。我開始能聽到以前聽不到的，看見以前不可能看見的。

就像是……。

就像是水把它們的感官借給了我一樣……它要我回憶，要我召喚所有曾有過的感受，因為它飽含億萬年來的一切回憶，從而也對我，這樣一個意外來到金門的青年人，有著毫不遺漏的好奇。它的探詢含蓄而堅定，以小小的漩渦，盤據在它有興趣的地方，反覆撫觸摩挲。如果我願意應答，它便會以更加強韌的耐心，滲透到我的腦裡、心裡、任何一個存放了感官與思緒之處……。

然後，和我一起，把已經歷和未經歷的故事，重新想一次。

3

首先，是後腦。

水流包覆住後腦，徒勞地冷卻著傷處。不必是專業的法醫，就能看出那是真正的致命傷。我並沒有看見甩棍擊中後腦的畫面，我唯一「看見」的，是棍棒落下時，從眼球後方漫掩而出的，帶有負片意味的黑霧。原來死去是那麼簡單的事，這應當是我最後半個念頭。那一瞬間很短，卻仍足以隱隱約約地在腦海裡抱怨：既然如此，前面那幾十分鐘的毆打，豈不都是浪費時間嗎？

當然，在他們眼中，這一切都不會浪費。天很快會亮，位在金門最東面的田浦水庫，是島上最熱門的日出景點。即便不是旺季，也總是有觀光客會驅車前來，在薄薄的黑暗裡等待。然後，他們就會發現淺水處，有一具面朝下的身軀。他們的驚叫會把一群曲腰魚嚇回水底的石窟，並且迅速引來這島上很少出動的刑警。警察局的發言人，會以困惑與驚奇兼有的語氣告訴記者：「本縣治安向來良好，如此殘酷的虐殺案件十分罕見。」除了後腦的致命傷之外，死者身上仍有近百處傷口，研判是因棍棒、石塊或硬底的皮鞋造成的。並且，從致傷的角度來看，至少有四人出手毆擊，甚至可能更多。死者在生前最後一段時間，應該受到長時間的虐打，然後才以甩棍處決，手法凶殘、毫無猶豫。

記者會問：這是仇殺事件嗎？

警局發言人遲疑了半秒，最後只說：犯案動機與過程，還需要進一步調查才能釐清。

警察的直覺是準確的，只是不能說出口。

從他呼吸裡散出的水汽，我聽到他欲言又止的心思。

這是警告。這不是仇殺。

仇恨多少會讓人興奮，讓人失控。但是，我身上的傷處，下手的力道與位置，在在顯示了他們的專業與冷靜。

沒錯，就是你猜的那樣子。如果他也聽得到水分子裡面，我所漫散出去的意念，他就會聽到我的嘉許：沒錯，你是個敏銳的好警察。

但他聽不見我。水分子猶如單向的電報，一滴一滴向我傳來世界的訊息。然而我的意念，就算已經隨著水蒸氣擴散全島，也沒有一個人類會聽到。

原來這就是靈魂的存在狀態嗎。人們時而覺得自己見過亡靈，時而斥為無稽之談，原來，只是因為水的性質：它們確實存在，但你們不一定都能看見。

人們只能感知非常狹窄的事物。線條，顏色，音訊，影像。透過遍布海底的電纜，所有訊號從金門島傳送回到台灣島，然後又漫射到更大的陸塊或更小的島嶼。符號在電纜裡面遊走，而我寄意念於晃動的海水之中，無法滲入，無法腐蝕，當然也就無法阻止它們傳遞。

父親啊，父親。

你若看到我凹陷的後腦，乾涸又被浸濕的血漬，你會露出怎樣的表情呢？可惜，我似乎只能寄寓在金門的水體之中，去不了更遠的地方。去不了澎湖，去不了台灣。當然，更去不了海纜能夠輾轉抵達的家鄉，我那多坡多風的，瑩白剛硬的北竿……。

曲腰魚圍著我的屍身，輕輕啄吻。

別擔心呀，這樣的身體，已經不會再流淚了。

已是無喜怨悲怖，連血液都被置換成湖水的身軀……。

4

北竿是太小的島。或者應該說，就我和父親的關係而言，馬祖的五大島加起來，都是太小的島。

整個童年，我甚至常常忘記自己叫作曹以欽。當我放學走出塘岐國小，在島上最大的十字路口附近晃蕩，時時會聽到大人的耳語：那是曹祥官的兒子。不，別誤會，不是惡意的那種指指點點。正好相反。很小很小的時候，我就能聽出他們語氣裡的真誠、溫藹以及敬意。在耳語裡，我認識每一位大人，以及他們和父親之間的關係。多少家庭有人生了重病，曹祥官一通電話，就在台北排到了最好的病房和最有名的醫師；哪一家人又在東引辦事的時候，靠曹祥官坐上了本來不能出動的直升機，才見到老母親的最後一面……。

從有記憶起，我就知道自己的幸福，因為我生在能帶給所有鄰人幸福的曹祥官的家裡。

三十多年來，我的父親曹祥官，是馬祖唯一的那一席立委。

「唯一」不只是因為「選區劃分如此」，更是因為，包括我在內，我們想像不出來，還有誰能跟我的父親一樣，那麼適合坐住這一席立委。

念高中時，因為國民黨內部分裂，我父親退黨參選。國民黨提名的，是已經退休幾年的老縣長；民進黨則趁勢挖牆腳，提名了時任連江縣議會議長。我每天坐交通船到南竿上學，新聞沸沸揚揚，說馬祖許久沒有出現「三腳督」局面，恐怕真有機會變天；就算不變天，曹祥官大概也很難輕鬆過關。交通船上，連觀光客都在討論這件事。他們說，果然地方派系還是只能靠地方派系對付啊。有的人還會刻意放大聲量：真搞不懂，為什麼馬祖人都選出這種親中的立委？話畢，斜眼瞄了瞄穿著制服，在小風浪裡背單字的我們。

那時，我的後腦仍然渾圓無損，細草般的短髮總是有汗光。

自幼，父親最喜歡扶摸我非但不扁平、不凹陷，甚至有點球狀的後腦。

「這是福相。」

大多數人在嬰兒時期，頭骨還軟的時候，就不小心睡扁了。為了保護頭型，台北的許多家長甚至會購買輔具，或者讓小孩趴睡。但是，我似乎天賦頭型，父母沒怎麼特別照看，就這樣渾圓地長大。老一輩人說，頭腦渾圓的孩子聰明活潑，貼心好帶。我的學校成績確實還可以，但是否貼心就難說了，活潑更是稱不上。畢竟，母親在我十歲那年逝世後，我就由姑姑照看了。那時候開始，我就發現，其實人的一天並不需要說那麼多話。

父親每每從台北開會回來，便會用掌心撫著我的後腦。

「唉。」父親有時會說：「畢竟還是生了一副好相貌給你。」

那是在他想念母親的時候。對他們那一代人來說，這似乎就是愛情的極限了。我就這樣頂著泛青色的頭皮，沉默地看著那個頂著曹祥官之名，地方上無人不曉的中年男人，在島與島之間遊走。他能在幾通電話間，叫到二十分鐘飛抵東引的軍方直升機。但是他不，他更喜歡帶一名助理，和所有民眾一起坐兩個小時的船。他說，你不知道這兩個小時，可以和多少人講上多少話，又可以從中探知多少對手的動向。為什麼要告訴我這些？有時我會有明知故問的欲望，但最後都忍住了。

我畢竟是他即將成年的獨子。是最能繼承「曹祥官」這個名字，及其象徵的一切的人。

我沒有表現出熱誠，也沒有表現出反感。事實是，高中的我也不確定自己未來想做什麼。只是偶爾看到網路上激昂的新聞標題，會有種仿若平行時空的魔幻感。

三腳督？變天？可是，老縣長和議長，明明才前後來過家裡，對姑姑的一手好菜讚不絕口。

票一開出來，台北的媒體盡皆震驚。於是又出現了更多文章、影片，分析曹祥官為何能在連江縣坐島為王，顛撲不破。

島上的鄰居則安詳如常，遠遠看到我依然會說：那個曹祥官的兒子，長這麼大了！

也許就是那時開始，我對新聞工作有了興趣。

到底那些記者，是怎麼錯得這麼離譜的——這不是很簡單的，我每天身處其中的事實嗎？

高中畢業，我只填了兩個新聞系的志願，一個是目標，一個是保底。

最後，我進了世新新聞系。

父親自始至終都知道，他並不反對。毋寧說，他也許還有一點點高興。畢竟先當幾年記者，有一些媒體人脈之後，再來考慮子承父業，也是一條不錯的路徑。但他是一名有耐心的父親，正如他是一名有耐心與選民長談的立委。他沒有直接說破，我也就懷抱著霧氣般的不置可否，搬進了台北的宿舍。

5

距離天亮還久，我在緩慢的時間裡沉浮著。一秒一秒，物質性地，紮實地流貫我的身軀。田浦水庫的水，來自福建的龍湖。一條粗壯的水道，自龍湖的湖底伸出，一路探向圍頭灣。管線深深地爬行在海底，不驚動任何人，甚至不曾驚動正包圍著金門的數十艘漁船。水道由強悍的耐壓材料構成，阻隔了海水的侵蝕。因此，珍貴的淡水得以從歐亞大陸末梢，湧入針尖一般、乾旱的金門島。生態學家曾經警告：這樣一條水道，可能會將龍湖的生物帶到金門，破壞金門本地的生態。於是，工程單位在田浦這一側的管線開口處，加上了過濾的網格。

沒想到，網格攔不住魚卵。牠們滲透進來，並且在湖裡孵化了。

人工湖裡本來不該有魚。現在，環繞著我的身軀的，都是生養數代的外來魚群。

這樣子的我，連向牠們皺一皺眉頭的能力都沒有。

但我又憑什麼呢？對金門來說，我也是外人，是比這些魚、甚至比那些短髮甩棍男子，更遠更遠的外人。

念頭至此，我感到後頸上，有一點輕盈的觸感。一些細碎而堅硬的小東西，被湖水帶來，卡在我的襯衫後領與髮尾之間。頸項上，有妻為我求來的玉觀音項鍊。那些小東西被濕透的紅棉線勾住，成串地停駐在我的膚表。

我透過水分子「看見」了。啊，是光蓼的果實。

細小到可以在一片指甲上羅列的堅果，黑色有光澤，形狀像比較扁的栗子。

它們原來認得妻的信物嗎……？

妻第一次帶我回金門的時候，指著湖邊的光蓼：老人家都說，這是很好的藥，對腸胃很有幫助的。

那時妻還不是妻，我還有點生怯地稱他「學姊」。我順著學姊的手指望去，一小片叢集的挺水植物，尖端是紅豔的長長的花穗。學姊撕下一片葉子，遞給我，眼神有一點笑意。

我那年才二十歲出頭。在暗戀的學姊注視下，除了果斷放進嘴裡，沒辦法有別的心思。

我過度認真地感受口腔裡的味道，構思自己要如何說出適宜的話，好換得學姊的一個笑容。但我還沒來得及想出什麼好句子，馬上就被舌尖上左衝右突的辛辣氣味嗆住了。正因為我第一念頭是「好好品味」，也就錯失了立刻吐出的機會，止不住地劇咳了起來。

……好辣。這對腸胃會好……？

在咳出來的淚水裡，我望向學姊。學姊確實笑了，他笑到低下了頭，髮尖鋪散在膝上。

學姊這才告訴我：光蓼更常見的名字，叫作「紅辣蓼」。

後來，「群島青年聯盟」在金門舉行成立大會，我和妻抽空去了一趟李光前將軍廟，又一路散步到慈湖邊。妻說，他不好意思告訴其他夥伴，其實看到李光前廟那些穿著國軍制服、伴隨青天白日旗的塑像，他覺得非常親切。對他來說，那些塑像就像從小看著他長大的鄰居，彷彿隨時會動起來，問他吃過早粥了沒有。可是，他又清清楚楚知道，他是多麼痛恨捏塑這一切的國民黨。連帶的，對眼前的慈湖也是愛恨交織。

我明白。我說，我也是。

我猜夥伴們多少也是。

「可是水草是無辜的，」我掏出剛剛偷折的一枝花穗，那時我已有餘裕，惡作劇地掃過他的臂膀：「至少它對腸胃很好。」

妻嗤笑出聲，白了我一眼。

在「群島青年聯盟」成立幾年前，父親就知道了我倆的關係。他在新聞畫面上看到我，罕見地打來電話：「你去那裡幹嘛？」

他指的是國民黨黨部前面的抗議活動。因為國民黨立院黨團提出了在金、廈之間設置「兩岸醫療專區」的議案。他們說，這樣可以讓台灣飽和的醫療人員，輸出到中國市場；也可以引進中國優秀的醫療技術，並且增加離島的醫療資源。

電視上，學姊衝在最前面，手舉標語：

台灣需要引進優秀的活摘器官技術?!

「你為什麼會在那裡？」父親話聲裡的怒意，已經薄薄地滲漏過來。

「我是去拍照的。學長姊說要去採訪。」

「採訪？天底下只剩這條新聞了嗎？」

「有啊，」當時的我畢竟年輕：「還有小學生因為抖音挑戰，把紙黏土當口香糖來嚼。這條一定比兩岸醫療專區更重要。」

電話那端傳來一聲「砰」的巨響，我感到自己的心臟震顫。

「不要以為我不知道你在玩什麼把戲，翅膀長硬了——」

「爸爸，那您呢？」我用上了很少出現的敬稱：「您知道貴黨在玩什麼把戲嗎？」

電話轟然中斷。學姊坐在對面，伸手過來握住我的。

那時我微微伸長的手勢，亦如同此刻。我的臂膀指向深不可見的湖心，即使明知妻不在那裡……。

6

在我沉湖之前，大約一週多吧，我就已經察覺到，背後似乎總有人影。金城鎮上人潮熙攘，起初我以為應該是巧合。兩天後，即使繁重的日程也壓不住升起的焦慮，但我仍責備自己神經過敏：又不是在演諜報片！更何況，如果要干擾我們「群青盟」的活動，金門縣府有一百種行政手段，根本毋需這麼迂迴，這不是他們自居的「傳統父母官」風格。然而，當我和夥伴開完籌備會議，獨自一人，在週四深夜騎上橫貫金門的環島北路之時，我難以否認了——後面跟著我的暗藍色休旅車，確實是我這幾天一直看到的。

我暗自懊悔這幾天沒有記住車牌，否則可以更加篤定。但是，深更半夜的環島北路車流極少，數十年來照明也都沒什麼改善，即便在夏日，混合海風與田野的冷空氣，仍然能讓機車騎士的手指封凍不靈，更別說十月時分。在這樣一條路上，有一輛車剛好和我同路，經過后盤、抵達瓊林，並且無論我加速減速，都等距跟在後方，這樣的機率有多高？

心念及此，我一過瓊林便急轉瓊徑路。本來的路線，是要直走到底，去妻的沙美老家會合。但彼時彼刻，我有些粗直地想，如果真有人跟蹤，那最不能去的就是妻所在之處。不過，比起環島北路，瓊徑路的氣氛更加荒遠，坡度也更為陡峭。昏光樹影之間，我想到學生時代，和妻同來的幾次旅行，那時我們也為了踏查古蹟，來來回回在這條路上騎車。繼而我想起了父親，即使我近年已與他水火不容，這時還是有軟弱的念頭：如果這是在馬祖，如果我沒有來到這陌生的「兄姊之島」，不會有這樣一台迫人的休旅車。每一台經過的車子，都只會搖下車窗招呼我：嘿，是曹祥官的兒子——。

其實，我可以選擇停車。假裝要接個電話，或者打開坐墊拿外套。

坐墊裡面有掛鎖。不，那沒有什麼用。背包裡的雨傘呢？

前一陣子，夥伴們看著反公投志工被暴力攻擊的新聞，還自嘲說，是不是要團購辣椒噴霧？

也許我一停車，那台車就會揚長而去。無論是為了假裝沒有在跟蹤，還是本來就順路。

但會不會我一停車，命運就將倏然降下？

還沒掙扎出結論，車已逼近金湖鎮。一進入鎮區，我趕緊左轉市港路。不多久，我來到山外車站，我知道這裡有一間警察局。我在警局稍過去幾步的超商停下，拎起背包，但是不卸下安全帽，就這樣走進去。我只是停下來買瓶飲料，我在心底默念，只是買瓶飲料，只是飲料。彷彿這能加強我的偽裝。旁邊就是警局，大不了我在這裡坐到天亮。

後來，在田浦水庫發現我的警員，就是從金湖分局過去的。

不過，那是一個多禮拜之後的事了。當下，我只為無糖綠茶結了帳，回頭便已看不見暗藍色的休旅車。

重新跨上機車時，我忍不住多往警局望了一眼，門口有三兩閒聊的員警。

迷離的夜色裡，他應該沒有認出來：那就是最近跑到島上抗議的小伙子吧。

我們之後或許會在拒馬兩邊對抗，但在那一刻，我由衷遞出一個感謝的眼神。

而妻正忙於分配「群青盟」的人力——每日街頭宣講的編組與時地，文宣與媒體小組的論述策略，接待絡繹不絕的政媒名人。並且，最重要的：籌備幾天後的「群島一心，堅守民主」造勢晚會。

幾十年來，金門很少有這樣的場面，更別說是馬祖了。

為了這場晚會，妻甚至聯絡了大學時的前女友。那時，他們是意氣風發的系對。

在窄小的世新校園內，沒有人不知道陳文萱和方予玲這一對。女同志伴侶不稀奇，稀奇的是他們爭學權、跑社運，熱力潑出所有議題，全然脫出「性少數主攻性別議題」的刻板印象。我大一剛入學，就被新生座談會上的陳文萱學姊震懾，只見他身形嬌小，語音柔婉，發言的主旨卻是：「台灣是亞洲第一個通過同志婚姻的國家，但敢不敢成為第一個選出同志總統的亞洲國家？」整場發言，學姊一句也沒有歡迎新生的言詞，完全沒有提供任何實用的生活資訊。方予玲學姊與他同台，妝容豔麗，彷彿待會兒要去另一場宴會，卻只是含笑看著。席間的教授、學長姊們，都有類似的笑：是習慣，是調侃，也是敬畏。

我聽得恍恍惚惚，像被隔在幾公尺的霧外。

如果這樣的女孩子，生在我們北竿——。

畢竟是台北呀。能夠活得如此敞亮，毫無懷疑。陳文萱就是陳文萱，方予玲就是方予玲，不是誰的兒子或女兒。

然而，我的浮想猝然被一組關鍵字打斷。

「……我們的社會又敢不敢想像，一個出身於金門或馬祖的總統？」

我猛然抬頭，麥克風依然在陳文萱學姊的手上。方予玲學姊撫掌大笑，不數秒卻又煞止，覷向陳文萱學姊。就在這幾眼之間，不知怎麼地，我閃電般理解了他們兩人的親密與嫌隙。有一些專屬於「我們」的微小刺痛，是我能從陳文萱學姊的表情流轉裡偵知，而方予玲學姊竟沒在第一時間察覺的。

——陳文萱學姊不是馬祖人，我不可能不認識這麼出彩的馬祖人。可是，他又有一種「我們」的氣息。

那麼，他是金門人了。

那之後幾年，他們仍是系上的鑽石情侶。我也因為文筆還可以，時常參與他們領頭的大小抗爭。說實話，我並不關心他們關心的大多議題。如果陳文萱學姊不是金門人，我根本不可能加入——台灣大學生熱議的話題，在我來說都像霧區另一邊的景色。當他們疾呼「人有不婚不生的自由」時，我能想像老家的鄰居會怎樣皺起眉頭；而當他們抗議高房價、要為普羅大眾找出路時，我也會想起那些沒上過大學，卻在桃園、馬祖、福州三地都有房產的長輩們。如此顛倒錯亂，我甚至都搞不太清楚，我們馬祖人，到底比較接近社運學生想保護的那種人，還是想對抗的那種人？

「這件事裡面應該要有金門人。」

當我問陳文萱學姊，為何各大議題無役不與的時候，他這麼回答。並且以一貫柔婉的語調說：

「而且，我也覺得應該要有馬祖人。」

我已經慢慢聽得懂他聲線底下的鋒銳之氣。但也許我真正想捕捉的，是鋒銳底下可能帶有的一絲柔情？

大四畢業，我留在系上念研究所，繼續是他們的學弟。那一年，父親和幾位立委共同組成了「國會離島連線」。父親與金門的老立委陳新泰本來就是舊識，加上新科澎湖立委、十多年來首度擊落綠營委員的趙希聲，本來就有互相呼應的默契。除此之外，蘭嶼、綠島也因為〈離島建設條例〉的修法，各有一席新的立委。於是，五席離島立委迅即結合，組成了國民黨團中的小黨團。他們喊出目標，要在三年之內，讓所有離島的大陸觀光客人數倍增。

——台灣人不管我們死活，所以我們要自立自強。

長輩們是這樣想的。

只看字面的意思，我們其實也同意長輩的這句心聲。

只是方向相反。

就在新聞見報的隔天，我收到了陳文萱學姊的訊息。他要成立「群島青年聯盟」，以青年世代的身分，與「國會離島連線」分庭抗禮。「群島」對「離島」，要讓各島嶼與台灣島平起平坐、同聲連氣，命名本身就有學問，確實是學姊的手筆。但我注意到的是，這個團體的發起人裡，並沒有方予玲學姊，也少了好幾名平日一起跑運動的幹將。

我想起了新生座談會的那一瞬訕笑。

「我覺得這件事裡，應該要有台灣人。」我回訊給陳文萱學姊。學姊已讀，十分鐘都沒有回訊。我於是刪掉了打好字的下半句：「台灣難道不是群島的一部分嗎？」在那一刻，我感受到酸楚、柔情與慶幸。我知道這不是學姊該承受的質問，能回答這一題的，也不是金門人或馬祖人。然而，我也是暗自高興，方予玲學姊果然還是沒能答好這一題。他們就只能到這裡了吧。

畢竟是台北呀。他們有他們的敞亮，也有他們的陰暗。

7

頸後有一陣細膩的水意。不是湖面的水波，是更柔而無形的。

啊，是霧。

在這冬春之際，馬祖想必也是濃霧不散了。

去年的蜜月旅行，妻不愧對「群青盟」祕書長身分，提議把每個有人居住的島嶼都踏一遍。我們順時鐘出發，綠島、蘭嶼、小琉球、澎湖都逐一跳島了，最後才是金門和馬祖。一路上，我們逢天后宮必拜。妻說，群島的青年以海相鄰，必須特別敬愛海上的女神。也許天后真的庇佑，超過半個月的行程，我們順風順水，毫無延誤。直到遊遍馬祖五島，最後入住南竿的那一天，濃霧才忽然罩下。

馬港的天后宮大殿嚴重反潮，我們探頭細看傳聞中的媽祖靈穴時，還得小心溼滑的地面。妻拉我跪在媽祖像前。我們掌心合十，一人有一塊玉觀音項鍊，在妻輕而細的禱聲裡漸漸濕熱起來。

「請媽祖保庇群島的兒女……。」

依稀聽到妻這樣說。誰能想像呢，在台北社運圈鋒銳難當，曾經肉身衝撞立委座車的陳文萱祕書長，也有這樣低眉垂睫的時刻。

那雖然不是父親的車，但意思也差不多了。

念及此，我忍不住嗤笑出聲。

妻睜眼，往我一瞟。我向右後方努努嘴，一位老伯正在拖地。

——父親很快就會知道我們在這裡啦。

馬祖不需要情報單位，每個人都是天生的情報人員。

我們躲進「懿家小酒館」，它不只有整個群島境內最好喝的琴通寧，也是少數沒有眼線之處，是我們這些不肖青年唯一的安全屋。老闆已經不肖十數年，對於老一輩的碎嘴和白眼早就能夠視而不見。即使如此，當我第一次踏入這間店的時候，他臉上仍有一層薄薄的、禮貌的霜殼。直到我加入了妻發起的「群青盟」，新聞傳回島上而沸沸揚揚之後，那層霜殼才終於融化。

「姊，借我們躲一下。」

「躲我這裡，那不等於沒躲？」老闆輕哼一聲：「乾脆我把招牌換下來，改成『以欽小酒館』，再掛一個『曹祥官勿入』好了？」

「那怎麼好意思？只需要後半句就好了，謝謝。」

妻在一旁抿嘴不語。畢竟，提議要來馬祖蜜月的是他，在蜜月的前兩個月，追著「國會離島連線」立委諸公跑，質問他們為何再修〈離島建設條例〉，讓中國公司可以投資金、馬、澎公共設施的也是他。本來父親還睜一隻眼閉一隻眼，直到妻趴在陳新泰座車的照片見報——並且照片還是我拍的。這下父親忍無可忍，既拒絕出席我們的婚禮，又急召我回家解釋。婚禮上有沒有父親，於我是可有可無，於他是正中下懷；但是回馬祖踏遍五島，卻又堅持不和父親見面，那是我也隱隱然感覺到「有點過分」的決定了。但是，新婚妻子笑眼裡閃著的促狹光彩，畢竟是太充分的理由。

特別是我暗望了那麼多年的學姊。

那晚降下的霧，比此刻更加濃厚，是飛機停班的天氣。冬春之際的馬祖，很少有飛機和輪船都正常運行的日子。起風就有浪，船班容易停駛；不起風則積霧，飛機無法起降。如果這霧一路漫到早上，我們恐怕就要在南竿多關一天了。漸漸的，連酒館對面的超商燈光都越發隱晦，彷彿我們所在的小小空間，是即將被全球暖化淹沒的無人嶼。

那時候的霧氣裡，是否也漫散著什麼樣的訊息呢？不管是父親的憤懣，鄰人的譏誚，還是我以笑語掩飾的焦灼。父親撫養我成人，他並未使我陷入不幸，甚至完全可以說是給了我一個優渥的少兒時代。可是啊，站在「群青盟」這一邊，站在「群島」去對抗「離島」，甚至對抗「大陸」的這一邊，我又如何能承認，甚至歸建到父親的幸福家庭裡？我現在屬於另一種幸福了，而我必須為這種幸福而冷硬，為了妻與妻所代表的一切。

在馬港天后宮，我問妻，他相信靈穴裡真有林默娘的遺體嗎？

他點頭。

為什麼？我從小就不相信，怎麼可能在我們這麼小的島上，憑什麼？

他搖搖頭，挽住我的左臂。

「因為這麼小的島，才是最需要媽祖庇佑的地方。所以，他最應該在這裡。」

那是妻從霧氣感應到，而我錯失的什麼靈感嗎？

走出懿家小酒館的時候，我們已經頗醉，更厚重地倚在彼此身上。妻忽然有一朵很大的笑容，指著我：「你是霧。」我也爆笑出聲，輕戳他的額頭：「你是酒館。」「才不是，我是霧。」「我才不是酒館。」如此歪歪倒倒，一邊走入馬祖的濃霧之內，一邊將馬祖的濃霧吸入體內。那是一位詩人詮釋過的意象：沒錯，這就是「擁抱」，不分內外，俱為一體。就像幾乎泥醉的我們的快樂。就像現在的我。

湖水既在我的體內，也抱覆著我。如是擁抱。

可是啊，這既是、也不是金門的水。我既在、也不在妻的故鄉漂浮著……。

8

「群青盟」的造勢晚會，將辦在金城國中對面的運動場。方予玲學姊跨海支援，用貨船運送了舞台車、背板和音響到金門，光是運費，就可以在台北辦好幾場同級的活動，但他全部吸收了。可惜我此身已喪，只能藉由水分子微弱的訊號，勉強看到那正在搭建的主舞台。夥伴們似乎接受了我的提議，在背板上輸出巨大的「金門有事，群島來援」字樣。當然，最核心的大標題，飛墨橫越台澎金馬群島底圖的，還是妻早早寫定的句子：

何須返鄉？金門就是我們的家鄉！

為了避免讓本地人感覺被外人干涉，晚會名稱「群島一心，堅守民主」反而稍微縮小了字級。

方予玲學姊大學畢業之後，就繼承了家族企業，但並沒有因此離開社運圈——妻或許早就知道底細，在我們這些學弟妹之間，卻是轟動一時的消息。方學姊總是精緻得像是剛從BELLAVITA百貨走出來，大家傳言已久，精熟左獨理論的他，其實是某企業的千金。只是誰也想不到，所謂「某企業」，竟然是「鯤鯓舞台影業社」！它是新竹以北最大的舞台車出租公司，從黨外運動做到選舉造勢，半個多世紀都是台派陣營的技術後盾，方學姊確實家學淵源。社運夥伴過去不知此事，也是馬克思主義可以解釋的：下層建築決定上層建築，社運大學生用不起「鯤鯓」的服務啊！

我是一個有風度的丈夫，至少我希望自己是。更何況，妻去找前女友的公司幫忙，也並非全因私情。金門有自己的舞台車出租公司，而且不只一家。只是，在「群青盟」要辦造勢晚會的這個週末，他們剛好檔期都排滿了，我們當然也不會戳破：同一時段並沒有選舉、也沒有大型戶外表演。我們的對手更是一片靜默，並沒有要與我們「拚場」的打算。如果我們換個活動時間，想必他們也都剛好會生意興隆、不好意思之後再合作吧。這樣迂迴的手段，我父親也能使得身隨意轉，但這裡是金門，那就怪不到我父親頭上了。反而金門老立委陳新泰，與妻牽連起來，還有跟台灣海峽差不多遠的親戚關係。

「至少，這一次的事情裡，真的有台灣人了。」

幾個禮拜前，剛與方予玲學姊通過電話的妻，還有閒情這樣調侃。

「是啊，還好只有一位前女友來援，不然我可要頭痛了。」

那時我也還能回嘴。

什麼時候，妻會發現我的失蹤呢？我已經在湖裡待了兩個多小時，曲腰魚也越來越躁動，幾乎可以說是嗜血了起來。也許要等到，他與媒體組確認新聞稿的內容？或者，要等到台北幾位記者朋友找不到我，透過關係急叩妻為止？他會不會以為我失卻了丈夫的風度，不想出現在情敵慷慨搭起的舞台上？畢竟，我們也都清楚當年他們分手的原因，並不全是情緣已滅。方學姊從來都是台灣優先，主張「金馬完全撤軍」的本土派，這與愛情無涉，卻橫加干涉了愛情。因此，這一次慷慨過頭的跨海支援，想必有著比「群島一心」更幽微的理由吧——。

9

曲腰魚聚聚散散，繞著我的臂膀巡游。牠們似乎對血腥味越來越有興趣，先是輕啄，隨後撕扯，接著像是要以我為巢，開始從不同的角度撞擊、鑽探。如果我的記憶還算可靠，牠們雖然肉食，但並不是那麼狂暴的魚種，通常是安安靜靜潛伏在水深之處。

這種魚並不罕見。台灣和福建都有。但偏偏就是在海峽之間的金門，過去並沒有曲腰魚棲息的紀錄。

在台灣，牠們還有個「總統魚」的別名，起因於蔣總統愛吃。

金門人一向只認兩位蔣總統。他們每一次蒞島，金門縣志都會特別記上一筆。但在民進黨長期執政之後，金門人就活得像是沒有總統一樣，將一切當作是無關的他島事務。

那之後的每一屆總統紀念高粱酒，總是外地人在買，本地人是沒有興趣的。即使人們對金門酒廠是如此自豪，但瓶子上的正副總統肖像，可以輕易打壞任何小酌的興致。

妻這麼說。

「不是吧，不就因為每次都輸，才需要借酒澆愁？」

我笑說，腦裡響起總是在小吃店裡臉紅大舌頭，喳呼難止的馬祖依伯們。

後來，魚卵隨著龍湖的淡水沖入田浦水庫。生態學家發出警訊，擔心強悍的曲腰魚若在島上擴散開來，恐怕會擠壓原生魚種的生存空間。金門縣政府幾度勘查之後做出承諾，會盡一切努力來防堵。他們組織人力，在田浦水庫裡大量撈捕，試圖移除已經繁衍的魚群。倖存的曲腰魚無聲躲藏在湖底的泥塵之中，直到幾波新聞浪潮過去之後，又繼續生養巡游。那之後，島內外新聞媒體的熱點，便轉而關注「金廈同城」政策推進，雙方各借一條機場跑道給對方的消息了。

先是金湖、蘭湖。然後是慈湖。

現在，水分子在我耳邊低語：其實烈嶼上的幾座水庫也早有了總統魚的巡視，只是人們還未發覺……。

遍布人工湖的大小金門，這下都有了總統的族裔。

只是，牠們是如何橫越大片陸地，從一個湖跳躍到另一個湖呢？

這和遠古人類探索台灣海峽的旅程相同嗎？

妻也許會說：對魚而言，金門就是一片群島吧。

由此而言，是我自己沉入了魚群聚居的島上。就像人們炸開岩壁，開鑿港口、機場與人工湖那樣，數以百計的曲腰魚開鑿我的肉身。牠們挖掘，但並不深入。以我為地表，緩慢但耐心地，啃咬出不規則的凹穴。所有傷口，都是優越的地形與誘人的邀請。我沒有痛楚，也不確定自己的心情，究竟是要感謝曲腰魚的熱情，還是哀悼己身的破碎。顯然這都不重要，我只是一具浮屍，用自己的背影掩護了水下的小小騷動。

直到有第一條魚，游進了牠努力開鑿出來的淺穴，「躺」著嵌入了我的右手前臂，我才明白魚群的企圖。

魚身暈出暗光。這是我的第一片魚鱗。

機場跑道互借的協議很快就達成了。如此一來，廈門有霧，旅客便能從金門落地，再搭交通船赴廈；同樣的，若是金門有霧，也可以由廈門落地而入金。

順理成章地，雙方都在對方的島嶼上，派駐了官方人員。

中國的境管人員在金門機場活動時，並沒有什麼違和感。他們甚至連口音，都與金門人甚至台灣人沒有太大的差別。

只是他們之中，也總有幾位短髮、剽悍、喜歡穿合身黑衣的精壯男子。

我曾經寫過一篇報導，懷疑他們是中國的武警，或至少是「退休」的武警。但因為缺乏證據，那篇報導並沒有刊出。

會不會那時候，就已經種下了今日的因果？

更多曲腰魚的尾鰭掃過肘窩，輕巧穿越我微張的指掌，尋找下一塊足夠潰爛的地基。

牠們知道這是安全的，因為，就算時間再往回倒轉幾個小時，我的手掌也已經沒辦法合握，沒辦法抓住任何東西了。

10

我的雙手被攤平在桌面上，手心向下。

北竿只有一間國中，叫作「中山國中」。這是除了「中正國中」之外，最合理的名字了。

我念中山國中的時候，班導是一位嚴厲的國文老師。五十多歲，每週至少打三次籃球，技術完全不輸給校隊。他是白犬出身，據說到台灣念大學的時候，發現台灣人竟然可以自由購買籃球，每個學校還至少都有一組籃框，於是打了整整四年的球，從此成為北竿島上第一射手。

教室裡的他，與球場上的完全不同。他打球很乾淨，動作俐落，而且絕無故意使弄的小動作。但在教室打學生的時候，他卻有無止境的創意，絕不只是死板地打手心、打屁股。

我是父親特意請託，才放進他班上的。所以，就算我背不熟〈陋室銘〉或〈五柳先生傳〉，他也只會用「基本款」對付我。

雙臂平舉齊肩，手心向下。

國文老師說，如果還是戰地政務的年代，他會選用槍托。

很可惜，民主時代只有熱熔膠棒。

他溫熱而細緻的手，準確地銜住我的數隻指尖。我專注在他指掌上那一點點粉筆的觸感，逼自己不要去想，下一秒會揮在我指節上的東西。

國文老師舉起熱熔膠棒。

國中三年，我沒有任何一隻手指頭，像我屢屢夢到的那樣，因為註釋默寫繳了白卷，而被打到反折、拗斷。身為曹祥官的兒子，認真算起來，我也並不是最常被打的學生。多年以後，我在一次系上的聚餐裡，半開玩笑地提起斷指噩夢，用來解釋我為什麼常常睡掉早上第一堂課。方予玲學姊的震驚表情幾乎沒有秒差：

「現在台灣的國中，還有這樣體罰的？」

我聳聳肩，眼角剛好掃到陳文萓學姊細微的一個撇嘴。

現在，在金門一處我所不認識的家屋裡，我的雙手再次攤平，手心向下。

這是一處典型的閩式家屋。然而，這項資訊毫無用處，一點也沒有辦法幫助我辨識眼前的綁匪，更說不上規畫逃生路線。蜜月旅行的時候，我和妻就曾騎車進入金沙鎮的一處閩式聚落。即便有手機導航，我們還是在屋子、庭院、窄巷交錯縱橫的小巧社區裡迷了路。明明距離大馬路只有三分鐘，卻怎樣都鑽不回去，尷尬地橫越在地人晾衣曬菜的院子。你不是驕傲的金門人嗎？我調侃妻。

「漢文化濃度這麼高的地方，沒在都市計畫的啦。」妻一個白眼：「這就是歷史的深奧，厲害吧。」

屋內有三人，兩人壓制我，一人衝著我笑，同時把玩著手上的甩棍。我的背包連同手機，早不知被他們丟在中途什麼地方了，就算有人像是電影演出的那樣，想透過手機訊號來追蹤我的行跡，那也是做不到的。雖然已經知道掙扎無效，但我還是試著頂起身子。但那按著我肩背的兩人，不知道用了什麼技巧，不管我如何用力，他們就是連晃都不會晃一下。眼前的三人，加上屋外開車的一人，全都理著刺草似的平頭。我想起在白色恐怖文獻裡讀過的那種拷問場景——但是，要拷問我什麼呢？我所知道的事情，並不多於我寫過的報導，全都是可以公開找到的。更何況，如果是拷問，此處似乎還缺了一盞能打到我臉上的檯燈。

「算你倒楣，上級不許我們用槍。」持棍的人說：「還不能。」

他一甩手，細長的鋼棍畫出漂亮的棍花。

「還好，我們有很多時間。可以慢慢來。」

我想的沒錯，他們確實沒有什麼要問我的。他們知道我叫作曹以欽，「群島青年聯盟」的媒體組長。他們也知道，我們這群人來金門活動了一個多月，是為了對抗立委陳新泰發起的「返鄉公投」——這是媒體的用語，實際上這項公投的主文，是：「你是否同意金門縣政府應與廈門市政府合併施政，達到『金廈同城』的願景？」然而，無論是縣長還是立委，一律用「大陸本來就是我們的家鄉，返鄉是金門人的人權」來號召支持，所有媒體也就跟著以「返鄉」來簡稱了。我們在金門活動了多久，他們幾乎就跟監我多久，對我每天的作息和動線爛熟於心。在他們眼中，我就和魚缸裡來回逡巡的金魚沒有兩樣。現在只是到了該把金魚撈起來的時刻。

「你們……。」

我才剛吐出兩個音節，太陽穴就遭到鈍重的敲擊，一片隱隱閃著暗彩的黑霧占據了腦袋。但我還是試著把話說完：

「……是誰？」

我背後的某一人揪著我的頭髮。我感到視線快速被拉高一些，迅即重重墜落。整張臉碰在桌面，五官毫無抵抗地攤平。鮮血、黏液和口沫流滿了半張臉。後來，我的臉也因此鑲嵌了幾片魚鱗。但當時的我當然不會知道，只感覺我的頭又被拉高，甩棍男子饒富興味地看著我。屋內一時靜默，好像正期待我再說些什麼，好讓他們可以再一次把我的臉埋進桌板。

我被自己的血腥味嗆到，劇烈地咳嗽起來。

「沒錯，這樣就對了，」甩棍男子點了點頭：「不要做多餘的事，說多餘的話。」

話音一落，男子手上的甩棍又是俐落一轉，奇快奇準地，棍尾直直往我右手中指的第二指節敲擊下去。我聽到指骨碎裂的聲音，從我體內傳到腦內，比我撕心裂肺的痛嚎還要響亮。我下意識想掙脫壓制，腦後又吃了一擊。但是，我卻只在意指頭，其他觸感全是渾渾噩噩的。男子的第二擊，瞄準我右手的食指。他揮棍的速度越來越快，此刻我回憶起來，不免有些滑稽，那簡直像是反向的「小刀戳指間」的遊戲——本來的挑戰，是用極快的速度下手，卻能使手指毫髮無傷；男子卻有相反的熟練，可以毫不停滯地手起棍落，每一記都正中骨節。國文老師若能看見，想必也會嘆服的吧。

然後是左手。

「你們已經說太多話了。」

啊，原來如此。為什麼是手指？因為我是記者吧。

模糊的視線裡，更加模糊的十指。我竟然真想著：今天晚上，恐怕是沒辦法寫新聞稿了。

身後兩人突然放開我。我還沒從痛楚裡恢復過來，僅僅下意識站起身。身子還沒挺直，一隻皮鞋就蹬上我的胸腹之間。如果那時的我和現在一樣，不需要呼吸，我也許不會摔得那樣狼狽。被踹倒的我不再需要任何人壓制，以橫膈膜為中心的一陣抽搐，甚至讓我連下一口氧氣都找不到，蜷曲得像一隻被燙熟的草蝦。

曹祥官。

我是曹祥官的兒子。

你們知道，我是誰的兒子嗎。

魚群穿刺，捲動水波。湖水從破碎的後腦，滲進了記憶的中樞。沿著脊椎而下，一一喚醒所有神經，使我的靈魂再次因為疼痛而扭動起來，抖鬆了半身的鱗片。然而，這並不是此刻的我最難堪的。最難堪的，是我記憶庫裡最後幾組念頭。

如果這是在馬祖。

好想回家。

如果這是在北竿，你們全都會死無全屍。

如果我說出父親的名字……。

他們知道我的父親是誰嗎？如果知道，為什麼不害怕？

說吧，說出父親的名字。

我叫曹以欽，坐島為王的曹祥官之子。

父親，你會救我吧……？

「曹……。」

我幾乎已經開口。我抱頭、翻滾，躲避，笨重得像是一顆崎嶇的石頭。

「曹……。」

頸項一扭，一片細小的硬物甩落我的臉上。比起甩棍和皮鞋，它的降落簡直輕如魚吻。它觸到我臉頰之處，泛起一點點難得的清涼。是玉觀音，看似柔弱的紅色棉線，還是完好地掛在我扭曲的頸項上。我一絲一絲想起妻的臉，那彷彿已經很久很久沒有想起的，嬌小卻隱然有銳氣的臉。他會怎麼說呢？或許，我應該早點把被跟蹤的猜疑告訴他。或許，也有人在跟蹤他——不，沒有的，我相信沒有的。我為報導做過調查，如果縣府裡的吹哨者沒有說錯，他們在金門駐紮的武警，人力並不太多。為了確保安全，他們從不單獨行動。

也就是說，很有可能。我希望可能。

他們在我身上浪費的每一秒，都會延遲他們執行「其他任務」。

國文老師最喜歡說：你一人浪費一分鐘，全班就浪費三十分鐘。

這裡有四個人。

於是，我緊緊閉起嘴唇，如同偷含了糖果的孩子那樣，把父親的名字深深深深地藏了起來。這一夜還長，我還有好多好多的時間，必須全力去浪費。

11

田浦水庫裡的我，面朝下繼續漂浮著。

像是再也不想看見地平面以上的世界那樣，背過身去。

其實是沒有選擇的。

湖水從破裂的皮肉滲入，浸潤了胸腹之間的瘀血。再給它們一些時間，那些烏青色的暗影，或許終將被揉散。

魚群如雲霧聚攏，數以百計，在我的肉身上穴居，平貼、黏合我的血肉，成為我新生的魚鱗，彷彿我正在轉生為一條碩大的魚……。

他們駕著暗藍色的休旅車，將我載到湖邊。現在回看起來，才知道那間虐打我的家屋，確實是離沙美不遠。只差三、分鐘的機車路程，我就能回到妻的老家了。他們很謹慎，分了兩人在路口把風，兩人負責把我從後車廂扛出來。我的頭彷彿加倍受到地心的吸引，無論如何挪動，都柔軟而沉重地垂著。父親自豪的後腦勺，左搖右晃地碰觸兩側的肩胛骨。如此，我本來就因為肋骨外翻，稍微有點凸出的胸膛，就凸出得更加離譜了。搬運我的，是那兩名負責壓制我的男子，此時的我，已聞不出他們身上帶有穀物質地的白酒氣味。一人拖著我的雙肩向外拉，旋即發現我的右臂卡死在門框上。他們換個角度再拉，這次是整條左腿。兩人越拖越急，卻始終沒能把我弄下車。明明放進去的時候，是一點阻礙都沒有的。

「還要搞多久？」

甩棍男子叼著菸過來查看。後車廂已是一片爛汙，血腥味已經到了難以掩藏的程度。

「操你媽的，乾脆連這台破車一起扔下去。」

說是這樣說，那畢竟是用公款買的車，執行白區任務也是要報帳的。算一算我的死亡時間，這時候的四肢，不應當僵硬到這個程度才是，特別是頭頸還如此癱軟，這似乎不太合理。湖面的水汽輕輕蒸騰，在事發現場無聲打著旋，目擊了他們面面相覷，且越來越心慌的表情。

莫非有鬼。

但身為共產黨轄下的武警，是不能說出口的。

屍身就像生了根一般，揪住了休旅車的後車廂。

少年時候，偶爾會隨著父親拜廟。

不像電視上的政治人物，每次拜廟都有主委、議員陪同。父親的拜廟，真的就只是走到某間廟，拈香祝禱。他甚至不會特別投香油錢，因為真正該幫忙的，早就在縣府或議會裡幫過了。廟裡的叔叔伯伯也都認識，簡單閒聊兩句，便不再陪他。這種時候，父親會告訴我：這座廟的主神，是某朝某代某年，一具漂來馬祖的浮屍。祂們的故事都很像，或者是道士，或者是官員，甚或只是普通百姓。浮屍被海浪推上澳口，開始有了種種靈異。村民夜間有夢，在祂們的保佑下豐收黃魚，終於決定建廟。廟地之所在，往往也是神明自己選的——祂們決定自己要漂到哪一個澳口，棺槨到某個地點便沉地不起，忽然有千萬鈞的重量……。

「為什麼馬祖的神，都是從別處漂來的死人？」

「不可以說『死人』，祂們是神明了。」父親皺了眉，隨即解開。「不管是活人還是死人，願意住下來，難道不好嗎？」

如果我的屍身真能伸出根系。如果真能突穿休旅車的窗戶與鋼板，纏住行將塌陷的輪胎，深深把自己種植在田浦的湖邊，再也無法被搬動。

如果天亮之時，有人發現了我浮腫的身軀，隨後日日夢見我幻化為魚。

如果是這樣，我能否配享香火，保佑金門釀酒順利，漁產豐收？

——甚至，保佑金門不受敵火入侵，永遠安泰？

現在，我確實知道傳說那般的託夢，是不可能的了。

我能隨著金門的水流四處探索，以水分子為我的眼目。但也僅僅是眼目。

至少在這一夜，他們並未去侵擾妻，以及其他「群青盟」夥伴。

再過一次日出與日落，就是「群島一心，堅守民主」的晚會了。要是能夠選擇保佑什麼，我心念裡只剩下最後這一件事。

男子終於失去所有耐性，粗暴地頂開我的身軀。在我的背後，有兩支已經被我染得暗紅的金屬球棒。他們沒有打過棒球，但自從到金門任職之後，就發現了這種好用又不引人注目的武器。

男子執起球棒，令他的同伴拉直我的手臂，朝著手肘的反關節敲落。

他果然是擅使棍棒的。連續三、四下的重擊，我的右手立刻變形成從未見過的樣子。

然後是左手。

魚群將在傷處棲息，被血水與膿水散發出的氣味引誘得焦躁不安。

「他媽的，我看你有多硬。」

他周身冒出熱氣，失卻了一開始的優容。

終於，手臂和頸項變得一樣柔軟。他們成功把我拖出車廂，重重地敲在紅磚步道上。未來，會有幾個比較精明的刑警，由血跡重建我被拖行的整個過程，並且因我身軀內外大量的糊爛魚體而困惑。此時此刻，我已藉由無所不在、不會遺忘的水的族裔，看見了我自己所經歷的一切。

一陣風起，湖浪輕輕地搖晃著我的身軀。

島上的神明沉默不語，至少我什麼也沒聽到。我聽見魚群的昂奮，聽見海外漁船的聲音，聽見微弱的行軍與打靶，聽見人群蠢動叢集，甚至聽到了水草緩慢生長的聲音。沒有，就是沒有，神明始終不發一語，彷彿所有廟宇都是徒勞的建物。也許戰爭早已結束了，這座島早在我們發現之前，就已被虛空占領，變成了無神之地……？

12

我在漸漸變薄的夜色裡猜想，未來幾日的報紙，會如何排序來自金門的新聞？放在頭版的，會是田浦水庫的一具浮屍嗎。

不。大概也不會是上百艘漁船包圍金門。那幾乎就和金門的霧一樣，已是節氣的一部分。

造勢晚會吧。會是造勢晚會。

它不只會成為《金門日報》的頭版，也會是全國所有報紙的頭版。雖然，並不是因為我們所欲想的理由。

此在、曾在、永在的水體，把我的視野帶到了不遠的未來。

金城國中對面的運動場上，魚群一般湧入了三千人。方予玲學姊從舞台側面望出去，又回頭審視自己一手搭建的「群島一心，堅守民主」背板。燈光與布景盡量使用了國旗的紅藍白配色，並且小心翼翼地閃避所有民進黨慣用的視覺風格。主布景以「群島」為概念，台灣島不再位於舞台中央，也盡量在不太突兀的前提下，縮小了它的尺寸。至於台灣海峽，那就真沒辦法裝得太自然了，畢竟妻希望「海峽的距離越短越好」。音樂特地找了出身自金門的流行樂團，挑選了他們比較抒情、稍有一點中國風的曲目。金門鄉親不見得認識他們，但至少不能搖滾到老人家一聽就轉身的地步。

下午有一陣大雨，剛好在晚會前一小時止住。我的視線穿越飽含水氣的晚風，看見方予玲學姊慶幸又驕傲的神情。

「其實，我該早點加入的……。」他喃喃說。

「誰說現在晚了？」

妻一身輕裝，外罩標語背心，踏著疾風的腳步，掠過方予玲學姊身邊。他們無可避免地，深深注視了彼此一眼。

「以欽人呢？」

「可能還在家裡吧。昨晚我在金城開會，沒回沙美。」

「他該不會是不想見到我吧。」

妻哼笑一聲：「他才不會這麼輕易承認。」

「你們都辛苦了。尤其是你。」

「欸，我看起來有這麼糟嗎？」

「……。」方予玲學姊說：「老實說，有。你看起來不只是累，我不是沒看過你累斃的樣子。」

妻聳聳肩，嘴唇緊閉的線條，卻比平時更加束直一些。

「不舒服嗎？看過醫生了？」

「這場辦完再說吧。」

「所以，真的是有生病。」

「……跟你講話，還真是不能大意。」

「我就當作是稱讚了。哪裡不舒服？」

「也不是什麼病……」妻閉眼，低頭，輕拍自己的腹部：「該說來得有點巧，還是不巧呢？」

「你是說……？」方予玲學姊睜大眼睛，表情流轉，似乎難以決定自己現下該是什麼心情。

「別讓以欽知道。你比他早一步得到消息，他會生悶氣的。」妻笑了出來，食指抵唇，促狹地說：「當年我們還一起倡議過『不婚不生』，真是全面失敗呀……。」

說著，妻轉頭望著正在確認流程、跑進跑出的工作人員，又回到了「群青盟」祕書長的聲調。

「謝謝你搭的舞台，真的很棒。金門好幾十年沒有這種場面了。」

暮色慢慢轉為夜色，運動場裡捲起越來越多人的漩渦。湖水滲入我的耳底，輕柔帶來妻的感嘆、歡欣與掩藏在那之下的不安，也引誘曲腰魚往我身體的更深處穿刺。一個多小時之後，這場金門罕見的、超過萬人參與的造勢晚會便將揭幕。數月以來，因為激烈的政治攻防與媒體炒作，金門人情緒前所未有的昂揚。即便是傳統上極為弱勢的綠營支持者，也有了決戰的意志。本來顧忌地方上的和諧，不敢與「返鄉公投」正面對抗的幾位綠營議員，也嗅到了「可以一戰」的訊號，在最後一刻聯絡「群青盟」：他們願意上台助講。

反正，如果真有什麼尷尬，議員們還可以說，主辦單位是「群青盟」的後生，自己只是呼應「公民團體」的號召。而對「群青盟」來說，議員敢站上台，就代表「勢」多少有所鬆動，他們是不是真心支持，已經不必細究了。正如同方予玲學姊究竟是真的關心起了「群島」的共同體，還是懷抱舊情，在這麼危急的時刻，全是不必計較的枝節了。

人潮游動，衣角如鰭，以舞台為中心，漫過原先劃設的活動區域，甚至開始占據周邊的道路。群眾畏怯的私語，隨著講者和音樂的帶動，也逐漸合併為齊一的聲浪。這一次，真的有機會吧？讓金門人做出決定，向全世界宣示，我們是群島的子民、自由世界的前衛。妻的心神被人流的波動填滿，已不再有餘裕感應前女友每一次微妙的言動，也暫時忘記擔憂丈夫的音訊。他僅有的理智，全部動用起來，保護最後一個祕密——稍早，台北政界的朋友傳來訊息，總統座機已經起飛。除了少量記者和更少數的「群青盟」幹部，沒有人知道，今天壓軸的來賓是如此「重量級」。

妻一直相信，只要金門得到台灣方面足夠的支持，金門人會做出好決定的。沒有什麼支持，比總統座機飛進被中國漁船包圍的島嶼，親口宣示他對金門的關切，還要更有分量的了。

上一次綠營的總統……不，就算計入藍營，上一次有總統在金門宣講，是多久以前的事了？

公投這一件事裡，應該要有台灣人，非常有分量的台灣人。

妻所信奉的群島論述異常簡單：台灣人的事務裡，要有金門人的參與；金門人的事務，也要有台灣人的關切。如此交叉持股，「群」便能成其「群」，而不裂解。

再過幾個小時，歷史會改變方向的。

必須如此相信。先相信，接著不斷行動，不去想會不會成功，這是我們多年社運經驗裡，學到的唯一一件不變的事。

樂聲逐漸拔高，講者的聲調頓挫，也隨之雄厚起來。方予玲學姊帶來的音響火力十足，震波傳遍了金城鎮的每一個角落，甚至擾動了慈湖的水面。

這時，也理所當然不會有人注意到，三輛暗藍色的休旅車在運動場對面停了下來。車裡走出了一小隊理著平頭的精壯男子，其中有幾位，並沒有參與綁架我的行動。他們精警而敏捷地越過馬路，迅速融化在群眾的波形裡，彷彿一陣小小的、不為人知的春雨。

13

立委陳新泰發起「返鄉公投」以來，金門已成全國政治話題的中心。「國會離島連線」的立委們，在上個會期要求增加各島的統籌分配款，以補償「台海兵凶戰危造成的經濟損失」。陳新泰喊出的數字，是上一年度的兩倍有餘，別說執政黨不能接受，即連同為在野黨的藍營立委，也對此一提案頗為猶豫。陳新泰見形勢不在自己一邊，遂藉著質詢國防部長的機會，再提此事：

「有錢買那麼多飛機、戰艦，對人民生活有幫助嗎？你們寧可買武器，也不願意讓金門人過好日子，這不就是窮兵黷武？」

說到激動處，陳新泰抄起印有金門縣長落款的陶瓷茶杯，使勁擲向國防部長。茶水與碎片淋漓的畫面，迅速傳遍每一面螢幕。那一擲憑空在人與人之間劃出一道台灣海峽，全國瞬時分站兩列。在台灣，主流媒體多譴責陳新泰輕重不分，混淆民生預算與國防預算；但也正因如此，在金門，陳新泰的支持度到了前所未有的高點。所有對陳新泰的批評，都成了台灣人歧視金門人的證據。

「現在，哪一邊才是我們的家鄉，大家應該看得很清楚了！」

當陳新泰這麼說的時候，「群青盟」的夥伴們便已嗅到不太對勁的氣氛。這種手法我們太熟悉了：先提一個絕對不可能的案子，待中央政府反對之後，再回頭向島內宣傳，爭取更多鄉親支持。如此一來，就算中央給出妥協方案，政績也會被記在「敵衝」的在地立委名下。馬祖如此，金門也是如此，這是群島政客的慣技。要求刪除戰機戰艦預算以增加統籌分配款，顯然也是同一招。只是，過去這類攻防，只會把框架設定在「台灣與離島之間」，如陳新泰這般，將議題冒進到「在中國與台灣之間選邊站」的程度，卻是不太常見的。

果然，數週之後，陳新泰趁勢在金門發起「返鄉公投」，訴求金門與廈門合併，成為兩岸統一實驗區。

爭取統籌分配款只是虛招，陳新泰真正的目的，原來是為了鋪陳公投。

消息一出，全國譁然。中央政府隨即回應：「金廈合併」一事，並非地方政府的職權，不能以地方性的公投來決定。記者追問：那可以用同一題舉辦全國性公投嗎？中選會官員不置可否。陳新泰一個多小時後便召開記者會，彷彿早就寫好發言稿：這是金門人的事，當然由金門人決定！他畫出兩條底線，一是要將「返鄉公投」舉辦到底，二是堅持地方性公投，否決全國性公投的選項，不接受台灣人「以多數選票霸凌金門人」。很快的，金門縣長也與之呼應，宣示辦理「返鄉公投」的決心。

爭議連綿數週，法界人士在媒體上幾輪激辯。最終，中選會明確宣告：就算金門縣政府主導的公投辦下去，也沒有任何法律效力，中央政府不會執行相關決議。

陳新泰全無懼色，彷彿一切都在他的預料內。媒體畫面上，他神色堅毅，語調平穩卻痛切：

「八二三砲戰都扛過，金門人不是被嚇大的！」

這似乎不是衝撞立委座車，就可以擋住的事態了。

14

「群島青年聯盟」連續幾天緊急會議。

最初，我是傾向不必特別與「返鄉公投」升高對抗的一派。所謂「不升高對抗」，當然不是說毫無反應，只是維持我們過往的倡議模式，在媒體上表明反對公投、反對金門與廈門合併的立場，應當就很足夠了。群青盟幾年的活動下來，已經蓄積了一定程度的網路聲量，完全可以把調門拉高，明白指出陳新泰的「返鄉公投」，實際上是配合中國侵略，將金門變成第二個克里米亞半島。我們可以主打統獨議題，以金門青年世代的立場，爭取台北輿論界的支持，從而借力使力，要求政府給予金門更多經濟的、軍事的保障。

金門人確實對中國有親切感，但還不至於分不清楚，是民主體制還是一黨專政的生活舒服一些。金門需要的，是過去作為「戰地」的情感補償，以及當下實質的政策支持。

我非常清楚，因為馬祖也是這樣的。

作為曹祥官唯一的兒子，我知道他坐島為王的祕密無他，就是「本島人」的高傲與冷漠而已。

更重要的是，陳新泰的「返鄉公投」，是法律上並無效力的假投票。就算投過了，也只是煙火一場，成為陳新泰新的相罵本。

——我們真的需要那麼看重這場政治煙火嗎？

「對，這只會是一次『假投票』。」妻寒著臉，並不只針對我，而是對所有主張「空戰即可」的夥伴說：「但是如果投出一個八成、九成支持『金廈合併』的結果，台灣媒體會怎麼報導？台灣人會怎麼想？」他頓了頓：「如此一來，我們這幾年所有的論述，所有說服群島彼此支援關心的主張，所謂『空戰』，還有任何意義嗎？」

「那你想怎麼做？」

「陸戰。必須陸戰。街頭宣講，發傳單，挨家挨戶敲門，去被長輩罵得狗血淋頭。陳新泰做什麼，我們就做什麼。」

「……這樣有用嗎？要比組織，我們打不贏的。」

「我沒說能贏啊。但是，也許可以把九成降到八成，八成降到七成。」妻的表情和緩下來：「我知道很難，很可怕，想到那些長輩的臉，我自己也頭皮發麻。可是，都到這個時候了，我們還繼續害怕，那就真的十死無生了。」

說著，妻望向我。在團隊裡，他向來保持分寸，不讓我們的關係影響公事。但這一眼，帶著尋求支持的意味，明顯在分寸之外。

不到兩秒，妻把眼光別開，深深吸了一口氣。

「如果你們有誰不想去金門，我可以理解，我也不會勉強。但是至少，請大家把『群青盟』這個名義借給我，讓我回去。可以嗎？」

這一切，我們前一晚都已談過。

——如果是馬祖有事，你會不會想回去？

睡前，這是他的最後一句話。

會議上，我沒有太多發言，多半時間低著頭，感覺玉觀音項鍊以其輕微的重量，微微扣住我的後頸。

是啊，如果金門的陳新泰有所圖謀，馬祖的曹祥官會不會也有什麼盤算呢？

假設「金廈同城」獲得九成投票率，父親會不會也在馬祖發起一個類似的活動……？

來自各鄉各島的同伴們，持續在策略和目標之間爭辯，話語來回攪動。現在想來，那一室凝滯人聲，都像此刻吸引我下沉的湖底。我依然胸腹朝下，四肢彷彿索求擁抱而不得那般，僵硬地垂懸著。如果有人探頭入水，會驚訝於我的身體腫脹之快，足足比正常體型大了接近一倍。如果他再更靠近一些，會發現肥滿蠕動的，是撕咬不停，甚至開始鑽入體腔的魚群們。牠們不僅滿足於成為鱗片，更追索著灌入血脈的湖水，就像當年由給水管來到此地一般，想要循管線抵達另一幽祕之處。但在激烈翻攪的體表外圍，仍然沒有太多異狀。水草安靜，魚群懸停，湖底的淤泥厚實得像是直通地心，看似柔軟卻難以鬆動。如果我身體再碎裂一些，如果體內包裹的氣息再散逸一些，如果我最後的神識和靈魂完全脫出，是不是就可以失去所有浮力，安然落入眠床般的最底，最底，最底……？

也許，這座湖底早在那時，便已冥冥在呼招我前去。

那時，我接回了妻的視線，罕見地舉手發言。

「我想，空戰與陸戰，應該是可以並行的吧？」在夥伴困惑的眼神裡，我試著讓自己露出不至於太戲謔、也不至於太苦澀的笑：「也許，我們不該只考慮金門的公投。如果他們整個國會離島連線，另外還有後招呢？我瞭解我父親，他現在應該還在觀望。如果陳新泰這招玩不起來，我們那裡就應該不會有公投了，否則……算我自私吧，比起在馬祖跑陸戰，我還寧可去金門『決戰境外』，挨不認識的長輩罵。總之，馬祖人一票，我加入。」

平常的我，並不常對運動的策略發表意見。也許正因如此，才能悄然扳動微妙的團體動力吧。方向決定後，籌備工作迅速展開。不到二十四小時，群島青年聯盟便發出新聞稿，各島青年代表宣示反對「返鄉公投」偷渡中國勢力，入侵群島共同體的立場。並且，在一週之內，除了少數幾位聯絡人，全體幹部加上志工四十多人，便在妻的沙美老家附近安營紮寨，成立公投反方的宣傳總部，以「青年返鄉」對抗「假返鄉、真統戰」的陰謀。

從那時開始，金門有質無形的水分子，便一點一點包覆在我們周身，就像島嶼外圍那些不懷好意的漁船。只是水分子無言，無法讓我們聽懂它們億萬年來的記憶與牽絆。我們知道會有危險，但並不知道真正該害怕的是什麼……。

15

「守護民主，我們的子孫才有未來，對不對！」

「對！」

「併吞不是和平，投降不是返鄉，大家說對不對！」

「對！」

「我們要用選票告訴全世界，金門就是我們的家鄉，我們哪裡也不去，好不好！」

「好！」

一男一女兩位主持人，在台上反覆帶著幾組口號。在大學裡，我們談過多少個體差異、主體自由的理論。但一拿起麥克風，接觸到群眾的眼神，強烈的誘惑便直撲而來。透過幾句話，幾個粗暴簡單的手勢，就能將自己和所有人揉捏成一個巨大的集體；喊出同一個音節，以同樣的節拍，同樣的心跳……如果人有選擇的自由，怎麼可能不選擇融入甜美的集體懷抱？在音浪裡，每個自己都成為超越自己的存在，如此強大、壯盛、嚴整劃一，如同一支無須思考、因而戰無不勝的軍隊。

表面上，是麥克風手在引導群眾。

實際上群眾在引誘麥克風手，說出他們想聽的話。

在這樣的嘈雜裡，只有非常有經驗的幹部，才能勉強自己保持冷靜，確保所有活動井然進行。

「總統專機已經落地，座車正往會場移動。」

妻收到政界朋友的電話。

我們的社會又敢不敢想像，一個出身於金門或馬祖的總統？

妻當然記得，我們初識之時，既是挑釁、也充滿年少豪情的壯語。

只是人到了三十多歲，便不能只想著「我可以取而代之」了。時勢之下，也得學會配合煩冗的行政溝通、安全準備，並且由衷感謝總統至少願意來這一趟。

似乎所有社運青年都要經歷這麼一輪：因為知識而啟蒙，因為啟蒙而介入，最終去發現知識只是從現實世界裡，敲下來的幾角碎片。知識沒有錯，只是現實的全貌更複雜、更扭曲，也更令人敬畏。那是人在沿街發傳單，被耳語伏擊或當面唾罵之後，才能用全身心認識到的東西。

有的人會因此變得猥瑣、退縮、逆來順受，並自我安慰說，那才是成熟。

不過，妻仍是驕傲不屈的。他相信自己心底保有的，是最鋒銳、最燦亮的理想碎片。

也在此時，眾多訊息開始湧入他的手機。

新聞記者、各組夥伴、金門在地警察局，以及親友的憂心探問。

妻全部都看到了，但置之不理。

只有最重要的目標，能夠進入他層層篩濾的心神。

現在，我無緣參與卻又始終旁觀的造勢晚會，即將進入最後的高潮。夜晚晴朗得令人不忍，就連市區都能看見不少星光。

也許，午後那場大雨是不應該停的，那是又一個壞預兆——。

總統座車隱蔽而低調地駛入，只有很少很少的民眾與之交會。這本來就是金門冠蓋雲集的夜晚，又一輛黑頭車、又幾位西裝領帶的男子，並不會引起太多注意。妻與幾位夥伴等候多時，迅速將一行人引到後台的準備區。雖然沒有完全密閉的安全空間，但至少四周都有活動柵欄隔開，維安人員也早早要求，至少要讓群眾遠離這個區域。事實上，維安人員對現場的條件是非常不滿意的，但總統堅持要來，他們也只能盡量與警方、軍方合作，先行占據附近的制高點，並且在不驚動人群的前提下，派出多架無人機臨空警戒。

此刻正在台上的，是民進黨在金門得票最高的議員。上一次立委選舉，也是由他與陳新泰競選。然而，他們之間的選舉，與其說是競爭，不如說是一種討價還價。誰都知道贏家會是誰，但出來好好輸一場，才能展示家族的實力，換到自己想要的東西。

就像那些每屆都和父親競選，輸了卻毫不掛意的對手一樣。

但這一次，也許會不一樣。議員看著記者席一片騷動，前半場都未曾出現的一群新的攝影師突然架起機器，正對舞台，他便知道：真的來了。據說會來的，真的來了。

也許氣勢能夠一舉被炒起來。

只要能在這次公投挫敗陳新泰，明年的立委選舉，或許就可以不只是討價還價。

於是議員的聲調激昂了起來：

「金門是我們的家，我們的家鄉，不送也不賣！」

主持人也在台上高喊：

「現場的群眾，已經超過一萬五千人了！」

此時的後台，總統主動與妻握了手。

妻的臉上，是剛剛好的敬意與謝意。但在握住總統修長柔韌的手掌時，心底閃過的，卻不是當前的局勢判斷，而是無數圈內的傳言。

那是我也聽說過的傳言。在交往之前，我總是喊妻「學姊」。而現任的總統蘇敬雅，則是學姊的學姊，再堆疊幾個次方。早在妻念小學之前，蘇敬雅就已是社運圈的才俊。畢業後，他年紀輕輕選上台北市議員。再過幾屆，雖然代表民進黨競選台北市長失敗，其知性、犀利卻語調沉穩的形象，已讓他一躍成為全國知名的政治人物。

三年前，蘇敬雅不到五十歲，竟在國民黨又一次內部分裂的局面下當選總統。

而這一切，有個極為困難的前提：他早在學生時代，便是一位出櫃的女同志。

也就是說，妻在新生座談會上說出「台灣敢不敢成為第一個選出同志總統的亞洲國家」的幾年後，蘇敬雅達陣了。

但是，這並不是「學姊的學姊」聲名可以流傳圈內數十年的主因。

妻在引導指揮之餘，多次覷向蘇敬雅總統。他英氣煥然，彷彿有一股簡練的能量，能溢出他剪裁貼合的西裝之外。即使是最熱衷嘲諷他「不男不女」的政敵，也不得不補上一句：「他還不是靠那張臉選上的！」如此褒貶難分的批評，簡直就是變相的稱讚。此刻，妻確實能夠理解那些批評和傳言。即使年近五十，臉面上已有生活的磨損，但是，蘇敬雅的五官仍然深邃得像是剛剛才用雕刻刀鑿出來的。就連此刻，舞台隨意散射到後台的光線，都像是為了凸顯他臉上的明暗輪廓而設計的一樣。

這張臉吸引到的，自然不會只是選票。據說，他自學生時代就四處留情，圈內許多人證言歷歷，甚至有人將他的情事寫成了長篇小說。就算現在，他常與總統夫人相偕出席各大場合，仍有耳語洩漏，說他時不時成為他人的豔遇。於今看來，大概不會全假的吧。

「總統好！謝謝您願意蒞臨，這對我們非常重要。」

「不，是我要謝謝你們，為金門和台灣做這麼多。」

寒暄已畢，妻也向一旁的總統機要祕書點頭為禮。這位白淨瘦高的男子，正是居間牽線，促成此事的政界友人。在彼此節制有禮的互動後面，是幾年前一起推拒馬、頂水砲的交情。

「大家一起見證歷史，我們現場的朋友，已經突破兩萬人——！」

舞台上，主持人本來已經很高亢的聲調，竟然還能拔得更高：

「現在，讓我們歡迎今晚最重量級的來賓。蘇——敬——雅——總統！」

蘇總統旋過身，以一種不快不慢的步伐，踏向前台的便梯。在催促般不斷上揚的樂聲，與群眾驚喜、惶惑與振奮混合而成的歡呼裡，妻感覺心口緊揪。經過妻身邊的時候，蘇總統特意停了下來，俯身低語：「我知道一切都很難。我們一起努力。」

妻心頭震顫，一直壓抑著的不安與悲苦，幾乎就要潰堤而出。

更多訊息搖撼妻的手機，幾乎就爭先恐後要尖叫出聲，帶來十數公里之外，一處湖岸邊的消息。

但此時，是無論如何不能分神，不能暫離崗位的。

不必隨著水氣滲透，我也能聽見妻的心音。縱然湖水不斷在我耳際暗示結局，縱然魚群以其無休止的蠻勇，將所有已經發生的未來，從我後腦的缺口帶入，但我仍然不聞不認，沉浸在我與妻共有的一種迷醉之中。當你站在某一關口，看見歷史伸出新的枝椏，往過去不可能生長之處生長時，是無法擺脫這種迷醉的。所有有益的或徒勞的努力，就是為了這一刻。在陳舊與新生的分水嶺，即使你並未將這一刻設定為目標，但當它突然出現在你面前時，你就會辨認出來，並且意識到：原來，這就是意義之所在，所有奮鬥與對抗，批判與妥協，都是為了看見這一瞬間。即使它自始至終，都只是一種微弱的呼聲：

有可能。也許，真的有可能。

16

今天，敬雅來到金門，和這麼多鄉親見面，有著非常不一樣的心情。

今天，是一個很不一樣的場合，與我參加過的上百場晚會，都不一樣。今天是金門難得有這麼多鄉親，齊聚一堂的日子。雖然我們齊聚一堂的理由，並不是因為值得慶祝的事情，反而是因為局勢萬分危急。一直以來，我們的國家有認同分裂的事實，不同的區域也有不同的生活形態和歷史背景。這些問題，終於在這一次「返鄉公投」，到了不得不面對的關卡。

感謝金門的鄉親，以及「群島青年聯盟」的夥伴邀請，讓敬雅有機會站上這個舞台。我們非常看重這次活動，我和我的幕僚們（總統眼光斜掃台下，機要祕書靦腆點頭）開了很久的會，寫下了今天的演講稿。但是，我要先向幕僚抱歉（再次斜掃眼光），我改變主意了。我想，在這關鍵的時刻，我們需要的不是一場政治性的演講，而是一段誠懇的對話。所以，我決定做一件政治人物最不敢做的事情——我想告訴各位，我這一陣子的真心話。（總統大動作摺起講稿，塞進外套內袋，群眾困惑）

首先，敬雅要跟各位坦承的第一件事情是：我今晚本來不一定會來。

如同各位鄉親所知，歷來民進黨籍的總統，很少到金門來。如果非來不可，通常只有兩種理由：一是八二三砲戰的紀念日，二是要選總統的那一年。（群眾發出部分嘆息，部分笑聲）謝謝大家的反應，連這種話都說了，各位應該相信，我真的是要講真心話了吧。在這兩種時間來的原因，我想各位都很清楚：八二三是要重申我們的反共立場，選舉年是需要各位惠賜一票。至於平時不來的原因，就比較少為人知了，但我會鼓起勇氣說出口——。（總統深呼吸）

害怕。說穿了就是這兩個字。所有民進黨籍的總統，都害怕金門。

每一任都是。（記者席騷動，閃光燈激烈）

你看，記者朋友多興奮，我都可以想像明天的標題，以及後天我的黨內前輩會如何反駁了。（群眾有此起彼落的笑聲）但我告訴大家，這是真的。我入行的時候，政治界的前輩告訴我，選舉就是要厚臉皮，被民眾當街吐口水也沒關係，你要笑著擦乾，再給他吐一次。吐到第三次的時候，搞不好他就會投給你了。可是，即使是這麼厚臉皮的前輩，也不喜歡去對手的鐵票區掃街。因為我們害怕，有些票，會不會是五次、十次、一百次口水，也贏不下來的？這種地方要怎麼辦呢？我們不知道。所以我們就告訴自己：先去那些只要用一次兩次口水，就能換到的選區吧。然後再去三次、五次、十次、二十次的選區……然後，直到選舉結束，我們都在騙自己：我是因為效益考量，才沒去金門的。（群眾裡有冷哼與冷笑）

當然，今天，多虧各位鄉親，敬雅正被濃濃的人情味包圍著。可是，正因為各位的人情味，我更感覺對不起大家。這是我告訴我的幕僚，無論如何，今天我要打破慣例，來這裡和大家見面的原因。

敬雅不是來宣講的。敬雅來，是為了道歉，跟大家說：對不起。（總統鞠躬）

（群眾有微弱的呼聲）

對不起，我們懦弱太久了。懦弱到每一次選舉，都下意識把金門劃入「艱困選區」。我們以為自己不受歡迎，所以不敢來到大家面前。但是，我們卻忘了，在金門鄉親眼中看來，這就是漠不關心，這就是民進黨，一個自居「台灣人的政黨」，對金門冷漠的證明。

對不起，我們棄守太久了。棄守到每一次離島的政策規畫（總統轉頭望向妻）……不好意思，是「群島」的政策規畫，我們都只是被動回應在地民代的訴求。我們以為，只要盡力滿足每一個條件，就能讓大家感受到溫暖，可是鄉親們看到的，卻是我們從未提出自己的看法，只會回覆「這項可以、這項窒礙難行」，就像一個挑三揀四的慣老闆。

對不起，我們無知太久了。我們對台灣的戒嚴時期深刻掛懷，卻很少想起來，金門有比台灣更漫長的「戰地政務時期」。每一次，我們到金門來紀念八二三砲戰，只知道強調「反共」的堅毅，卻忘了讓所有人都知道，反共背後的代價，都是金門人在承擔。即便是現在，我們都很少對金門人說：辛苦了，謝謝你們頂了這麼久的壓力；對不起，我們應該更常想起這件事。

所以，我不是來宣講的。請讓蘇敬雅先向各位道歉，包含在場的，與不在場的金門鄉親們。

既是以中華民國總統的身分，也是以民進黨黨員的身分。

最後，更是以一名台灣人的身分。

對不起。（總統再次深深鞠躬）（群眾鼓掌）

願不願意接受道歉，是各位的權利。但是，作為一個人，一個有歷史、有知覺的人，我知道自己必須道歉。

然後，如果各位還願意聽下去，請讓敬雅再小心翼翼多問一句：我們能不能重新開始？就如同「群島青年聯盟」一直倡導的那樣，我們每一座島嶼的兒女，可不可以先是金門島人、馬祖島人、澎湖島人、台灣島人、綠島人和蘭嶼島人，再一起討論，我們想要一個什麼樣的國家？或者，如果覺得「國家」這個字眼太抽象的話，這也等

於是說：我們可不可以一起討論，我們想要一個怎樣的家鄉？（總統停頓）

我們從來就不必「回去」任何地方。我們要做的，是把自己所在的家鄉，帶去自己想要的那個未來……。

（群眾出現騷動。逐漸喧鬧起來的鬥毆聲）

17

蘇總統演說的時候，空中開始有雲匯聚。

但是雲還不夠低、不夠重。不能遮住無人機的視野，也不足以傾下一陣阻止結局的雨。

湖水從眼眶淹入，如同反向的眼淚，讓我看見所有不忍看見的。

妻也正忍著淚水，聆聽蘇總統那又像是即興，又彷彿經過嚴密排演的講稿，同時壓抑著他分明獲知了，卻不願承認的消息。

第二天的新聞報導會這樣寫：一名曹姓男子的屍體，在金門田浦水庫被發現。男子身上有多處虐打傷痕，明顯屬於他殺。警局發言人表示：本縣治安向來良好，如此殘酷的虐殺案件十分罕見。根據記者調查，這名男子出身馬祖，之所以前來金門，是為了參與「返鄉公投」反對方的宣傳活動。因此，這樁命案是否有政治因素，仍有待釐清……。

然而，這則消息只占據了電視新聞很少的秒數，以及很角落的報紙版面。

如果我是編輯，也會這麼處理的。

最大的版面，留給了「群島一心，堅守民主」造勢晚會。

蘇總統猜錯了。整波新聞浪潮裡，沒有人拿他的任何一句話來下標。

新聞的重點是：當晚八點半左右，蘇敬雅總統突發前往金門演講，卻因群眾暴動而倉皇離去。總統演講中途，數名民眾突然在人群中舉起標語，並且大喊「人妖不配當總統」、「蘇婊子滾下台」等話語。周圍的支持者與之發生衝突，隨即擴大成為鬥毆。有人以酒瓶、磚塊互相攻擊，總計有十數人掛彩。最嚴重的是，現場有人拿出了暗藏的汽油彈，開始向人群拋擲……。

我看見了第一道火光，隨著碎裂的瓶子潑灑出來的樣子。

我看見了濺落地面的血跡。

我看見肌肉和骨骼因為擊打，而產生的形變。

我看見發生在我身上，與未及發生在我身上的暴力，於島嶼的另一端重演。

是那幾輛暗藍色的休旅車，是從中落車的一小隊精壯的、理著平頭的男子。

他們還未曾被任何報導提及，暫時只存在於刑警的猜疑裡。

事發當下，「群青盟」的夥伴試著控制事態。無論如何，都要先制止暴力行動，讓場面平靜下來。但是，出乎意料盛大的參與人數，使得原先的幹部人力捉襟見肘。等到第一位幹部逆流鑽過亂粥似的人潮，抵達事發地邊緣時，事態已升級到近乎暴動的局面。

所有夥伴都想起了學長姊說過的，早已濃縮成咒語的歷史故事。有一種政府對付集會的手段，叫作「未暴先鎮，鎮而後暴」。

而此刻的我，即使知曉一切內情，也無法讓現場的夥伴知道，他們猜錯了方向。

我看見，然而也只能看見。這是死者窄小的特權。

不是金門縣長。不是陳新泰。不是我們視為對手的任何一名政治人物。是那些本不該存在，卻沒能被篩網濾出，長久在我們的群島內部巡游的魚群。

火光與驚叫響起的瞬間，所有隨扈都躍上了舞台，將總統團團圍住。記者群的快門激烈響動，一下對著舞台，一下對著事發的群眾，彷彿盲目向四面八方射擊的，中伏的一支軍隊。

幾乎使妻激動落淚的演講，就這麼無可抵禦地中斷了。所有話語，及其所召喚的可能性，都蒸散為一股無法再現的輕煙。

而在距離島嶼不遠處的古老陸塊，一些飛機與船艦忽然忙碌了起來……。

如果午後的大雨未曾停歇……。

場地四周的軍警，在最初的驚嚇過後，立刻開始了疏散程序。隨扈平時高大、安靜，但在此刻露出了他們壯悍的底色。最高大的一位，伸出厚實的手掌，毫不遲疑地壓住蘇總統的後腦，將他像是某種輕盈的物品那樣，控制到自己身後。

蘇總統完美英挺的妝髮也瞬間毀壞。

還有機會嗎？每一秒鐘過去，世界就少掉一些可能性，直至收束到唯一的結局為止。

妻明白。但他還是忍不住奔上前去，試圖排開層層圍堵的隨扈，向那緊密的一小球人體複合體喊道：「總統！總統！」

混亂裡，蘇總統的眼神從交錯的肢體中延伸而出，與妻的視線對上了。

要說什麼？妻並沒有思考清楚。不遠處炸開了更多火光，這不是一個能夠事先計畫好的局面。最終，妻聽到自己哭啞的聲音——他甚至沒有意識到，自己原來已經哭到了這種程度——，模糊而淒厲地，勉強浮出滿面橫溢的水流：

「……總統，你不能走！」

妻會永遠記得，蘇總統的瞳孔有幾乎半秒的放大。

接著，妻感覺自己全身失重，視野裡的舞台、天空、人群與土地猛烈晃動。

一名隨扈依照標準程序，以極為俐落的身手，將妻拋擲到好幾步之外。

落地的那一刻，整座島嶼的水滴都成了淚水，所有水波都與妻痛嚎失聲的波形共振。

18

而我，作為死者，能從島嶼的水紋裡得知的，就只有這麼多了。

天快要亮了。

我感到湖中一切有知覺之物，倏然安靜了下來。

曲腰魚終於停止了鑽探，因為我僅存的血肉管竅，都成了牠們棲居的石穴。

光蓼的細小果實漂蕩開來，除了一絲絲浮腫的氣味，什麼也沒有帶走。

陪伴了我一夜的湖水，飽含著過去、現在與未來所有記憶的湖水，也滴滴點點凝結，封住了所有傷口。

我的神識，也隨之星星點點，逐漸迷離⋯⋯。

遠方響起了警車的嗚聲。那是將要撈起我的警員，來自曾經庇護過我的金湖分局。

過去一整夜，我雖然死去，但並沒有想過真正的死亡，真正的消逝，是怎麼一回事。

直到此刻，才忽然感受深深的眷戀。我的時間到此為止了。對此我不該抱怨，我已經擁有了比預想的死亡降臨、事物終止的那一刻，更長的一整夜。

可是啊。更多未來，是我再也沒有機會親見的了。

金門的未來。馬祖的未來。每一座島嶼的未來。

哪怕是很短很近的未來。

我沒有機會看見父親的表情了，來不及問他，是如何看待我的新死，又如何看待我的迅速舊去的一生。

沒有機會告訴他：在我軟弱的時候，其實想起的還是他的名字。

或許，我應該選擇繼承曹祥官的名字，以及他所代表的一切。

如此一來，群島的命運會不會有所不同？

但妻是不會接受的吧——。

並且，我也沒有機會告訴妻：我並不怪你，先把腹肚裡的祕密，告訴了你的舊情人。

我已經從羊水的暗湧裡，偷聽到了孩子的心音。

聽起來，他像你多過於像我，是同樣頑強而鋒銳的生命。比你我都強的是，他還擁有全新的時間。

而我的時間，只能到天亮為止了。湖面是暗室的鏡子，當陽光完全投下，當我的身軀被拉離水體之時，鏡面內外兩個世界的影像都將被擊碎，再也沒有人能看見。即便連有識而無聲的死者，也都將失去最後的眼、耳、鼻、舌、身、意……。

日出之際，金湖分局的員警非常困惑，他們無法理解自己看到了什麼。即便此地少有凶殺案，他們也知道，這絕不是一具浮屍該有的樣子。第一時間，他們以為自己拖了一隻浮腫的大魚上岸，許多指掌大小的鱗片熠熠閃動。屍身在地面拖行，魚鱗紛紛抖落，露出了蒼白無血的創口。我的口腔裡亦塞滿了魚，尾巴向外，健壯地甩動著。事實上，相驗的法醫將發現更匪夷所思的畫面：在我看似因為灌滿湖水而飽脹的腹肚內，已經住滿了一池的小魚。牠們安靜而有序地棲息著，像是剛剛才從大魚體內孵化，等著手術刀將牠們解放而出一樣……。由於這一切實在太不合常理，警方和法醫達成了共識：不對外界透露任何難以解釋的細節，只做出最保守的鑑定，辨識勉強還能辨識的傷處，以免節外生枝。幸運的是，很快就沒有人追究此事了，新政府在短短數日之內成立，而他們在第一天就發布命令，在此案速審速決之後，將遺體立即火化，聽任家屬帶回……。

但這些事情，都是湖水告訴我，我卻沒能得見的未來了。孕育魚群的我，將與牠們一同在陸地上乾涸至死。這一次是真正的死亡。在最後一丁點意識飛散之前，我竟然感覺有淚水從眼角滲出。怎麼會呢？我的血液與體液，歡欣與憂傷，不是都被置換成湖水了嗎？或者，是我的身軀被拖上地面之後，因為激烈碰撞而洩出水分，所導致的幻覺嗎？可是，那又是分明不錯的，哭泣的感受。即便肉體已經僵硬，萎縮到幾乎不存在的意識，仍然猛烈地抽搐抖動了起來。

對不起，接下來這個世界，只能留給你們來面對了。

第二部　風頭

在強勁的風裡，堤防蜿蜒伸過去，那微隆的斜坡上，一片紅色的花朵在猛搖著，在堤防上露出樹梢的另一邊的木麻黃，那些葉子的沙沙聲，這一刻聽來，使他覺得彷彿是在脅迫他、斥罵他。

——呂赫若，〈風頭水尾〉

1

曹祥官人就在青島二館的立委辦公室裡，但急著找他的人們，卻十分罕見地，全都吃了閉門羹。辦公室主任李炤華一臉和善，胖大的身子堵在門口，一邊擦汗，一邊向各辦公室、各部會、各家媒體求見的人們鞠躬道歉。正因曹祥官向來熱情待人，在這時節上門關切者更多。然而，李炤華忠實執行了曹祥官的指令：今天下午只見一位客人，任何電話最多只接到李主任這一關，曹委員一概不應，沒有例外。

「陳委員也是嗎？」

李炤華追隨曹祥官多年，深知曹祥官與陳新泰換帖的情誼，因此多問了一句。然而，曹祥官沒有回答，只是定定地看了他一眼。李炤華立刻低下頭，退出委員的桌前。一轉身，他交代辦公室內大小助理，所有人、事、物都送到自己手上，未經允許，任何人都不許打擾曹委員。

「特別是陳新泰委員，說什麼都不能讓他闖進來。」

此話一落，整個辦公室都感到事態非比尋常，空氣隨之繃緊起來。

青島二館三五〇一室，本來是陳新泰委員的辦公室。陳委員在此棲居幾屆後，因為這棟建築有古蹟身分，裝潢起來綁手綁腳，便與曹委員交換辦公室，換到了更現代的中興大樓去。兩人大學時就認識，有交情有默契，曹委員對兄長般的陳委員，自然不會拒絕。更何況，曹委員本來也就更喜歡有點和洋風的老建築——他在徐州路上買的那處房子，也是這種風格的。這麼一待，十幾年的會期也就過去了。

但今天是完全不一樣的日子。李炤華已經兩次請回了陳委員的助理。半小時後，走廊不遠處的電梯「叮」一聲再度打開時，李炤華就有極為糟糕的預感，必須深吸一口氣來壓住心跳。果然，首先踩著暴躁的步伐走出來的，是陳新泰委員和他的辦公室主任。他們如沸如火的氣勢，幾乎遮住了同一班電梯的其他幾位訪客。然而，李炤華畢竟是老江湖了，一眼過去就認出了該認出的人，並且瞬間決定了先後次序。他裝作沒看到走在一行人身後的女子，先細微地與陳辦主任交換了眼神，隨即迎向陳新泰，既是招呼，也是攔截：

「委員好，現在曹委員不太方便……。」

陳新泰哪裡理會，粗直地頂開李炤華肥胖的身軀，上手就往門板急叩：

「祥官！祥官！」

「曹委員正在開會，請您……。」

「曹祥官，我知道你在裡面，這不是鬧脾氣的時候。」

陳新泰下手更重了，但卻撼不動門板半分。辦公室內幾乎沒有聲息，幾位助理不敢鎖門，只好頂在另一側，小聲向陳新泰道歉。偶然響起一聲電話，不到兩聲就被摁熄。走廊上的幾間辦公室，陸續有人探頭出來。不必回頭，李炤華都猜得到一定有記者混在其中。但此刻勸離陳新泰是第一要務，無暇顧及其他了。李炤華仗著自己體積龐大，身子毫不客氣擠上去，語氣卻更加委婉：

「真的非常抱歉，等曹委員一有空，我立刻請他回電給您，您先請回好嗎？」說著，眼神飄向相熟的陳辦主任。對方嘆了口氣，也低聲幫勸：

「曹委員現在的心情……恐怕還要緩一緩。」

「他媽他有心情，我沒有心情是不是？」陳新泰終於退離門板，口沫噴濺到兩名低頭的主任：「難道是我叫他們打過來的嗎？啊？啊！」

總算有點進展了，至少現在是對著我罵。李炤華心想。然而，慶幸沒有幾秒，剛才一直隱伏在心底真正的擔憂，比陳新泰委員更讓他害怕的事態，隨即浮上了水面。與陳新泰委員同一班電梯抵達的，嬌小而表情肅寒的女子，抱著一尊用布包裹的圓筒形物件，緩慢卻筆直地走到了三五〇一室門前。李炤華在心底祈禱了千百次，但還是阻止不了女子在此時開口：

「您好，我要找曹祥官委員。」

他看也不看陳新泰一眼，直直注視李炤華。李炤華冷汗成河，與胸腹之間，因方才緊張所引起的熱氣對撞。絕對不能放行的客人，與今天唯一能見的客人——他不敢看陳新泰的臉，這態勢怪不了誰，誰能曉得最糟糕的組合，竟然就蠻不講理地在這一刻撞上了？

李炤華閃身讓出門口，鞠躬做出歡迎的手勢。已經無法顧及誰的臉面了，他只剩下非常狹窄的操作空間，說出那危險的名字：

「陳文萱女士，您好。曹委員已恭候多時了。」

「群青盟」祕書長陳文萱輕聲答：「謝謝。」接著毫不停滯地步入曹辦，彷彿曾來過這間辦公室千百次的不是一旁震驚、憤怒且困惑的陳新泰，而是他這名衝撞過陳新泰座車，且剛剛從戰區撤回的女子。在門完全掩上之前，陳文萱終究還是回過頭來，輕蔑地乜了陳新泰委員一眼。

門板在陳新泰的眼前開啟又關上，喇叭鎖門合的聲音響徹整條走廊。良久，陳新泰才回過神來，重重在門上踹了一腳。李炤華依然俯首，目送他踏著比來時更加沸騰的腳步，與陳辦的主任一起消失在電梯鋼板之後。

2

三五〇一室的空間並不複雜：進門之後，是辦公室正中間，所有助理都在此工作。往左拐，是一間小型會議室，如有陳情或會談，多半都在這裡。但是助理都知道，今天不是一般的會面，因此帶著陳文萱往右拐，直直領他到曹祥官的辦公桌前。助理輕手關上門，把空間留給初次見面的這對公媳。

陳文萱走進去的時候，曹祥官並不像是準備好接待來客的樣子。他側身看著左牆上的一巨幅攝影圖片，沒有開口招呼，甚至也沒有轉頭望向他。

辦公室的隔音很好，全然沉默下來的空間，只剩下空調細微的聲響。彷彿誰先沉不住氣出聲，就是輸了。

這是剛剛失去丈夫的妻子，這是剛剛失去了兒子的父親。

曹祥官眼前那張半人高的攝影，是兒子曹以欽拍下的。兒子大四那年的生日，曹祥官讓李炤華去打聽，有什麼適合新手記者練習的相機，於是就買了一架單眼給他。曹祥官不懂攝影，購買也是下屬經手，早已忘記型號與細節了。不過，兒子似乎很喜歡。那年擺暝，他難得在馬祖待了兩個多禮拜，不但拍了好幾天的文化祭，甚至還跟著曹祥官跑行程，一路側拍，曹辦儼然多了一名攝影官。事後，兒子給他一整個裝滿圖片的硬碟。

「也許你的貼文可以用。」兒子說。

也許，這是兒子最接近曹祥官的志業的時刻了。當時曹祥官還是告訴自己，不要急，兒子還年輕，不必逼他太緊。

早該開口的——問一聲，不會破壞什麼的吧？

搞不好，反而能把他挽救回來。

在那一批照片裡，曹祥官最喜歡的，並不是燈籠、轎夫或他本人，而是一張毫無擺瞑氣氛的，這點連他自己都驚訝。他向來喜歡熱鬧紅豔的圖景，但兒子的這張照片，卻硬生生把他的視線扭到一個乍看無聊，卻越看越耐看的場景：一名穿著海巡制服的年輕男子，騎著機車，沒有戴安全帽，沿南竿的一段陡坡而下。有意思的不是這名男子——曹祥官認識這個年輕人，他因為不喜歡都市的壓力，自願請調來馬祖——，是在這疾馳的動態下，攝影師清楚捕捉了旋繞在他周邊，身型嬌小、羽翅黑白分明，彷彿用刀筆刻出線條的白鶺鴒。光是照片拍到的部分，就有四、五隻白鶺鴒，以「伴飛」之姿，擁著機車騎士前進。

曹祥官把這張照片放大洗出，掛在自己的辦公室裡，已經將近十年了。但兒子並不知道。他只在很小的時候，去過中興大樓的舊辦公室。現在，陳文萱立在他眼前，抱著一粒初次前來、不言自明的罈子。

「真是稀客，」曹祥官轉過身，冷冷開口：「我還以為你們不認我這依爹了。」

話一出口，小小的辦公室彷彿被抽掉了一半的空氣。在他幾十年的從政生涯裡，有無數暴怒的時刻。每一次他都得拿捏：他知道如何使人痛苦，使人感受到自己的恨意與威勢，但作為政治人物的本能又會時時跳出來提醒他，沒有什麼人是不能談的，即使是血海深仇，也能換算成某種價碼。即使是血海深仇。困難在於拿捏：直接開始交易，是便宜了對方；一逕地報復到底，則會損及己方最大的利益。

但在這件事情上，他還能有什麼利益？

「您誤會了。」陳文萱的語調出奇平靜：「不是您想的那樣。」

曹祥官望著眼前的陳文萱。他比電視上張牙舞爪的樣子，看起來要嬌小柔和很多。即使神色裡仍有幾分淒楚凌亂——關於陳文萱如何輾轉從前線逃回來，曹祥官已有所聞——，但仍有一股強硬的精神力，使陳文萱能繃住基本的顏面。

「喔？那究竟是怎麼樣，我可要好好請教陳祕書長了。現在金門的局面，想必早在你們的意料之內，是非常滿意的吧？」

陳文萱神色一凜，似乎正要回嘴。但曹祥官怎麼可能給他機會，手往桌面一揚，幾大張攤開的報紙嘩嘩地撒落，兩人之間現出一道暫時的瀑布。不分立場、不論背後金主是誰的每一家報紙，頭條都是意思差不多的大標：金門守軍未戰即潰，兩日內陷於共軍之手，蘇敬雅總統下令全國進入戰時狀態……。

「真是情勢大好，對吧？不過是丟了幾個島，犧牲的人數也不多。對，根本沒死幾個人。只不過剛好是丟掉你的故鄉，死的剛好是我們都認識的人。但沒關係，只要繼續抗中保台，我國國運勢必蒸蒸日上，這點小波濤不算什麼的，對不對？」

話語彷彿有自己的意志，一句接著一句湧出，明明沒有任何腹稿，卻滑順得像是盤算已久。曹祥官始終緊盯著陳文萱，感受到對方正堅忍地守著自己的憤怒與悲傷。他也有幾絲不忍，這樣欺負一個小女孩，是不是——不，他不允許自己不忍。他繼續說，把所有會對兒子說的以及不敢對兒子說的，通通傾瀉出來。他知道這不公平，始作俑者並不是陳文萱，而是玩火過頭的陳新泰；甚至也不算是陳新泰，畢竟他也不是「火」本身；而他之所以能擁有怪罪陳文萱的地位，也不是因為他比較睿智，只是因為他坐視一切發生，既沒有盡力去阻止自己的同僚，也沒有盡力去阻止自己的兒子。只是因為，眼前這女娃兒，是最後還陪在兒子身邊的人，所以他擁有虛假的優勢，卑鄙地利用一名未亡人的內疚。

是你害的。你也這麼覺得吧，所以我並沒有冤枉：都是你害的。

不知滔滔罵了多久，話語才如同忽然暴起那般，忽然中斷了。

其實若要認真回想起來，恐怕也是顛三倒四的躁狂之語而已吧。

而這陳文萱還真能忍，靜靜對著曹祥官的面容，幾乎可以稱之為嫻靜。

等到曹祥官不說話了，陳文萱才移步上前，拂開桌面上零落的紙張，將他一直抱在懷裡的那粒骨灰罈，輕輕地落在玻璃墊上。

一聲不可避免的鏗然觸音，迴響在安靜下來的辦公室裡。

「我這次來，是要傳達以欽的願望的。」

陳文萱輕聲說。

「並且，請您節哀。」

說著，陳文萱深深鞠了一躬。

這算什麼呢？是「群青盟」祕書長對馬祖立委的慰問？是媳婦與公公的初見？還是一種以退為進的談判姿態？

陳文萱這麼一番言行，反而使曹祥官一陣暈眩，忍不住扶著自己的額頭。

無論如何，一個與他同樣有理由悲痛的女子，卻絲毫沒有放縱自己的情緒，始終自持，這是曹祥官不能無感的。

但是，要這麼輕易請他落座，這也是做不到的。

不料，陳文萱倒也沒有等他回應或招呼，逕自走過桌旁，走過仍未決定如何反應的曹祥官身邊，站定在右首的巨幅照片前。

「你是不是教過他讀《詩經》？」

這一突然的問句太過離奇，曹祥官一時煞不住，脫口反問：

「什麼？」

「《詩經》。四字四字一句的那種。」

「我知道《詩經》是什麼，但為什麼是《詩經》？」

「他最得意的，就是能把飛鳥拍得很漂亮。每次拍得好了，都會傳給我炫耀。」

陳文萱上前一步，手指點在嬌小的鳥尾：「我有次還笑他：都回馬祖了，怎麼不拍點特有種？幹嘛拍這種台灣也有的鳥？」

此時，曹祥官側過臉，兩人的目光首次對上。

——他怎麼說？

曹祥官下意識想這麼問，但忍住了。這幾年，他內心預演過千萬次，如果他和這個搶走兒子的女人會面，要如何當面羞辱他。他剛剛也確實努力這麼做了。然而不過幾分鐘，自己竟然好像已經準備好，能與他渾若無事地聊起來了。或許真的當了太久的民意代表，遇到什麼人都能聊兩句，早已寫入本能。畢竟陳文萱還是把兒子帶了回來吧。他感覺到自己危險的心軟，但又不願意這麼快承認，很快將之從心念中掃去。就在這麼幾個轉念的沉默裡，陳文萱自顧自說起來了：

「『鶺鴒在原，兄弟急難。』那時候，他嘰哩咕嚕背了一大串，說是從小你叫他背的。他小時候不知道怎麼寫，以為『麒麟在原』，聽起來很帥。長大一點，發現『鶺鴒』只是隨處都有的小鳥，覺得被騙了。結果，反而因為這樣，對白鶺鴒印象深刻。」

「我想起來了，」曹祥官苦笑，既是為了往事，也是因為自己的心軟，終究還是被這諸娘囝看穿。罷了，罷了，他能誘得自己說話，也是人家的本事：「那是小學五年級的時候。有一年春天，我指著在地面跳動的鳥說，那就是你想看的『鶺鴒』。他氣哭了。我沒放在心上，那時他媽媽剛去世不久，即便是男孩子，愛哭一些也很正常——。」

「哇。這他倒沒跟我說過了。」

「是嗎？我還以為你們夫妻同心，兩人世界無懈可擊呢。」

「不聊到老家的話，是這樣沒錯。」陳文萱輕笑一聲：「他說，《詩經》用鶺鴒鳥的習性，來歌頌兄弟有難、互相支援的德行。要不要我們『群青盟』的主視覺，就用台澎金馬都有的白鶺鴒圖像？」

「……老實說，這倒不算個太差的點子。那你們怎麼沒採用？」

「因為是《詩經》呀。他自己說出口就笑了，太中國了，不行啊。」

一種熟悉的、懶怠的、才剛剛稍退的怒意，又反射性地湧上。中國又怎麼了？我們難道不是中國人嗎？曹祥官幾乎就要這樣脫口而出。

中國又怎麼了？

然而，陳文萱已經微轉過身，伸手揭去了布料，露出底下白底金印，鐫刻著蓮花、觀音與佛經的罈身。

中國以「群青盟」造勢晚會出現暴動，必須保護「金門同胞」為由，迅速出兵占領了大小金門。金防部僅僅象徵性抵抗數個小時，便將主力撤出。兩天之內，金門易幟，「群青盟」成員緊急撤離，只有陳文萱因為以欽的事，被羈留下來。本以為兵荒馬亂之際，曹以欽命案的偵辦不會有進度，沒想到正好相反——接管金門的解放軍指揮官親自下令，剋期找到凶手，以展示祖國「對台灣同胞的高度重視」。於是，四十八小時之內，兩名來自廈門的無業男子被判刑，立即槍決；同時，因為命案已決，曹以欽的大體也迅即火化。

陳文萱自始至終，都沒能見到丈夫最後一面。

更不要說在馬祖、台北之間兩地飛的曹祥官了。

那粒精美的骨灰罈，似乎正浮印著兒子犬儒的譏誚。

——中國又怎麼了。

陳文萱撫過罈子溫潤的表面。是好石料，看得出來。

如果是我，也會幫他找一塊好石料。念頭一閃，曹祥官就忍不住閉上眼睛，勉力把心上的痛楚壓制下去。這種時候了，還能有正常的政治判斷，一眼看透老共的宣傳用意，這才是最令自己痛心疾首的。

但他終究也忍不住，伸手碰觸了骨灰罈。

渾圓一如兒子天生的頭型，但觸手的冰涼，又冷硬得令人心痛。

「唉，弄成這樣，要我怎麼有臉去見你依媽……」

曹祥官眼眶一熱。他想，這就是書上說過的「老淚縱橫」吧，這是他第一次真真切切置身於這四個字裡。他想要表現得不一樣，但很快又被更強大而溫熱的淚意淹沒。為什麼呢？為什麼要表現得不一樣……？

好半晌，曹祥官才終於整理好自己，能轉向陳文萱：

「謝謝你帶他回來。真的。辛苦你了。」

到此為止吧。其實也真不是什麼血海深仇。

如果有仇，也不該記在這個女人帳上。

然而，面對曹祥官終於釋出的善意，陳文萓不但沒有回應，甚至還搖了搖頭。

他不明白這是什麼意思。是否認？拒絕？還是別的？一種同樣熟悉的不安升起。

就算話語稀疏，背後卻彷彿隱藏了一百句、一千句的意志，幾乎與兒子如出一轍──難怪啊，難怪他們會走到一起。

「曹委員，」陳文萓語氣突轉，從冷靜、懷舊轉而正式：「希望您不要誤會，也希望您不要生氣。我帶他來，不是要交給您的。」

「你什麼意思？」

或許是為了兒子，也或許是剛剛已經發洩過一輪，他更換了措辭。

他本來衝口要出的是：你不要太過分。

「這不是我的，是以欽的意思。」

「以欽的意思，你們的意思，」他的聲調又高了起來，即使明知不會震懾任何人：「怎麼沒有人問過我的意思？」

「也許聽過之後，您也會贊同我們呢。」

見面以來，陳文萱都非常客氣，全然沒有在社運場合裡的那種張揚。但越是如此，曹祥官越覺得不安。如果他當真和兒子是一個性子，那這般客客氣氣的語調，才是最麻煩的。當國中的兒子說他痛恨導師的時候。當他一滿歲數，就堅持要考機車駕照的時候。當他告訴自己，絕不會和「學姊」分手的時候。當他決意加入「群青盟」，並且要和眼前的這個女人結婚，自始至終都堅持不回馬祖辦婚宴的時候。

不吵不鬧，那就是不在乎你是否反對的意思。

但又有些不一樣。陳文萱的眼神裡，似乎有一些兒子沒有過的，細微的波動。

「你說。」會面以來，曹祥官第一次坐回自己的桌前，挺直身子：「坐下來慢慢說。」

陳文萱依言坐下，兩手交疊在膝上。

「以欽很久以前就說過，在他身後，希望自己的骨灰能夠撒在芹壁的海邊。」他的憂傷細微，難以察覺：「當然，您也曉得——他不會希望永居在，被中國占領的北竿島上。」

3

陳文萱的要求，乍看之下並不困難。如果不是眼下這個局面的話。

距離「群島一心，堅守民主」造勢晚會不過一個多禮拜，從世事到人事，陳文萱已彷彿翻過了三輩子。

總統蒞臨晚會，又因暴動倉皇撤離。

警方一邊為了晚會暴動偵訊他，一邊通知他以欽的死訊。

金門被解放軍迅速占領，案件還沒查出眉目，公安就取代了刑警。

再次見面，就是一尊冰冷光滑的骨灰罈。

他想起以前聽過的中國新聞：大型災難過後，發還給罹難者家屬的骨灰，摻雜了許多成分不明的粉末。他幾乎忍不住要揭蓋檢查。然而，以欽文弱但又有些譏諷的臉，飄然來到眼前。

「重要的不是我，而是能以我成就什麼。」

那是某一次，一位知名的台灣作家，在廈門旅遊時被捕。輿論都說，家屬應該低調營救，不該高聲批判，這樣才能增加中國當局放人的機率。那時候，他們半是玩笑半是認真的，寫下一封親筆委任信給對方：如果我被中國逮捕，一切委由陳文萱小姐決策。盼同胞能因我一己之遭遇，意識到中國政府不可信之本質……。

「重要的不是我，而是能以我成就什麼。」

那是以欽親筆信的最後一句話。

怎麼有這樣的伴侶，回憶起來都是這些事。

他自己都不禁失笑。

骨灰是否摻雜了什麼，還重要嗎？重要的是能以這罈子粉末成就什麼。

解放軍占領金門後，台灣就陷入了空前的亢奮與混亂。

那是陳文萱經由家人安排，搭乘漁船暗渡台灣海峽，被巡邏的海巡攔截上岸之後，他才陸續聽到的。

蘇敬雅總統當即發布兩個命令：一、全軍進入最高戒備狀態，並且以飛彈炸射金門、廈門一帶的解放軍。二、向國際宣告中國片面破壞台海和平，即日起開始制定新憲，以新而獨立的國家之姿，站在民主陣營的最前線。

非常合理，合理得使人苦澀。

「群青盟」長年研究台灣政府的金門政策，知道這兩個命令，加起來是同一個意思。

只以飛彈還擊，而不派兵奪島；宣告台灣獨立，拋去中華民國的外殼。

那就是說，要放棄金門了——一個易攻難守，跨海歸復幾乎不可能的島嶼。

這正是多年以來，金門鄉親不信任台灣政府的主因。誰也沒有明說，但誰也都明白，自己身處於隨時會被放棄的小島。

島上四處可見的「同島一命」標語，真正的意思是「我們只有彼此了」。

如果真有一名金門出身的總統，如果陳文萱坐在蘇敬雅的位置上，會不會做出不同的決定？從解放軍登島，家人慌忙叮囑他逃回台灣，以免遭到清算的那一刻起，陳文萱都在想這件事。不派兵，台海猶有一戰之力，但放棄整個金門；派兵，去打一場攻守易勢、長距離投送兵力、就算僥倖打下也不知該如何固守的島嶼，好救回島上所有國民？

一種陌生的恨意在心底傾倒開來，如此本能，又是如此違逆了他長年信仰的人文價值。

好恨。為什麼我們擁有的，不是一個有實力發動戰爭的國家？

在曹辦裡，曹祥官並沒有直接拒絕他的要求。他冷靜地說明局勢，像是在處理一件棘手的選民服務。

「你知道台灣海峽的空域禁飛了嗎？除非有公務在身，也不許任何人員搭船前往馬祖了。」

「我知道。所以才要來請託您。」

「請託我也沒有用，我自己未經許可，也是沒機票沒船票的。」

「我知道這不是一時半刻可以解決的，我可以等。在此之前，以欽的遺骨，我當然也不會帶走。」

「等……？那萬一等不到呢？」曹祥官長嘆一聲：「你剛剛在門口，遇到陳新泰了，對吧？」

陳文萱點了點頭。

曹辦上下——不，整個立院上下，都知道陳新泰為何火冒三丈。就在昨天，他提案要求國軍出兵奪回金門島。這是一個沒有約束力的提案，表態意義大於實質意義。但即使如此，陳新泰的提案還是被慘烈地被否決了。一百一十五席立委當中，泛藍陣營擁有微弱過半的五十九席，但最終的結果，卻是五十七席反對、五十四席泛藍立委棄權。僅有四席投下支持票，是陳新泰與「國會離島連線」的澎湖、蘭嶼、綠島三位委員。

民調的態勢已經很清楚了，超過八成的民眾認為，陳新泰發動的「返鄉公投」，就是中國策動的滲透行為，如今果然導致金門淪陷。誰又知道陳新泰最新的提案，會不會又是中國的詭計？所以，除了「國會離島連線」的委員情義相挺，已沒有人敢支持陳新泰的提案。

令陳新泰無法忍受的，不是可以預料的慘敗，而是曹祥官。

曹祥官沒有與「國會離島連線」同進退，甚至不是與泛藍立委同進退。

他是唯一一個投下「反對」，與泛綠陣營站在一起的泛藍委員。所以，反對票是五十六席泛綠委員，加上曹祥官。

自兩人大學時期相識以來，曹祥官從來都是敬他如兄長、一路相挺的。就像陳文萱和曹以欽在大學裡相遇，因為出身而互相靠近，陳新泰與曹祥官也同樣和台灣同學格格不入，才產生了兄弟之誼。陳新泰海派、激昂，曹祥官內斂、穩實，幾十年來互補互助，才成為政壇難以忽視的一股力量。

直到昨天。

「外界怎麼說我的？」

「我沒有什麼資訊管道，是曹辦不知道的……。」

「不重要。重要的是你聽到什麼？」

「大家很驚訝。他們說……以欽的死讓你非常憤怒。」

「合理的猜測。」

「但也有另外一些人說，這是你為了自保，所以才要跟他劃清界線。」

「嗯哼。」

「最後一種說法，是前一種說法的加強版：你跟陳新泰一樣是中國間諜，只是為了繼續潛伏，所以才表態求信任。陳新泰這個提案，是與你商量好的，要做球給你殺。反正他已經暴露，這是棄車保帥的陰謀。」

曹祥官定定看著陳文萱。小辦公室的沉默逐漸飽和。

「那你覺得呢？」曹祥官撫壓自己的抬頭紋：「不，我應該這樣問。那你為什麼還來找我？萬一我真是中國間諜怎麼辦？」

「我覺得第一個說法和第二個說法都很有道理。第三個說法嘛……那是台灣人不懂。他們才不懂。」陳文萱一挑眉：「不，你不是間諜，間諜何必那麼明目張膽。不只你不是，連陳新泰也不是。你們根本就沒有真正想要統一。你們沒有那麼笨，不會想不清楚：當個民主國家的邊陲島嶼，還有〈離島建設條例〉可以挖錢，順帶賺賺統戰讓利；當個威權國家的前線小島，哪有什麼油水可刮？但你們也沒有那麼聰明，自以為能一直玩弄海峽兩邊於股掌之間，能『找到平衡』——殊不知，要是你們打開地圖多看兩眼，就能搞清楚，我們所在的位置，從一開始就不在海峽正中間，何來平衡？」

曹祥官第一次露出訝異的表情。

這些話，他聽來當然是刺耳的，但並不是因為被講成自私算計的虛偽政客，而是因為被說中了某部分不能言明的心底話。訝異的是陳文萱的敏銳嗎？倒也不全是，這小娃子能風風火火幾年，有幾把刷子並不意外。慢慢鈍痛起來的，是一個更難脫出口，因而卡在胸口的問題。

難道，兒子也一直是這麼想的？

難道兒子並沒有被台灣人牽著走，盲目把父輩通通當成叛國通敵的惡人——。

他眼底浮起以欽穿著國中制服，頂著強勁的海風，走入薄霧的清晨的身影。兒子細瘦的手臂伸入空中，彷彿有隱形的鳥雀飛過來，懸停在他的手背上。那是許多年以前的事，那時候他想，如果兒子是能與北竿的強風相處的人格，或許真能繼承自己的衣缽。然而世事如此：越多的耐心，越經不起兒子成人之後，出乎人意的轉折。

那看起來多麼像是對自己的背叛。

「看來我說對了？」

陳文萱的話聲響起，他這才意識到自己失態呆愣了一段時間。隨即他又感受到，陳文萱語氣裡的尖誚消失了，反而多出了些微柔婉。

「那麼，我就不打擾了。如果有消息，您隨時可以聯絡我，我隨時可以動身。」

「其實，你可以不用去的。我會完成以欽的心願。」曹祥官伸手，再次觸到了鐔上的觀音像。他下意識想要挽回主導權，在他人的意願裡加入自己的安排：「我正在跟國防部磋商，也許，也許會有一趟勘查行程。你可以相信我。」

「我相信您。但我還是要去。」

「為什麼？你也知道現在局勢緊張，如果再有什麼意外，你未必還能回得來。」

「正是因為危險，所以不能逃避呀。」陳文萱起身，淡淡一笑：「以欽為我去了金門。現在，換我為他去馬祖了。」

4

組織「群青盟」這幾年，天天都在說群島、海峽。但直到前幾天，陳文萱才真真切切用身體感受了「海峽」的意思。

如果能再次見到蘇敬雅總統，他會告訴總統，身為台澎金馬的最高領導者，一生之中至少要坐船穿越海峽一次。如此，才能感受到「群島」是被什麼連結起來，又是被什麼分斷開來的。

海象稍穩的時候，陳文萱會上到甲板，逃避船艙滯悶的機油味道。

出發時是晴朗的星夜，他辨認不出任何星座，只覺得天空是一張針紋精細的繡布，兜頭罩住整個世界。彷彿在布幔背後，還有什麼是人類所不應該看到的。他放在鋪位上的骨灰罈，也是這樣用一張不透光的布料包裹起來。這艘漁船上的每一個人，都知道他抱上船的是什麼。但不知道為什麼，他還是覺得需要稍微遮掩，以免太過光滑堅硬的現實，會傷害了誰的感情那樣。

倏然就是一陣風掃來，陳文萱必須用全身力氣對抗，才能讓自己站穩。不，甚至不能說是一陣風，更像是海上早有隱形的風牆，是航船自己撞上去的。牆的角度說變就變，搡得人腳步虛浮，一不留神，就要像探險電影裡的古墓機關一樣，一點一點失去立足之處。

船長說，今天運氣不錯，是非常溫和的天氣了。

然而船長也說：你最好有心理準備，第一次跑這條線，沒有人不吐的。

金門是真的淪陷了。

父母親不走，他們想顧著沙美祖厝。更何況，他們在廈門有各種關係，自信是可以過得下去的。可是他們必須讓女兒走。

當晚，陳文萱就搭上一艘鄰居的漁船。船員居住的船艙底下，還有更隱密的四人臥鋪，一旦有人要登船檢查，陳文萱就得立刻鑽進去，和其他三個同樣要偷渡回台的人一同噤聲，船員會用雜物掩住門口。陳文萱當然沒有開口問，這原本是為了什麼用途而設計的？他只慶幸在造勢晚會失敗後，「群青盟」夥伴和前女友方予玲夠機靈，第二天中午前就全數搭機離開。如果以欽沒事，他們也會搭上同樣梯次的班機。

就差那麼幾天。

不過，至少能與以欽同行。

同行人是一家三口。太太是從宜蘭調來金門縣府的公務員，先生則是在地人，當了好幾年金門大學的行政職員。看得出來，他們是為了四、五歲的孩子，才決定冒險偷渡的。小男孩一臉病容，咳嗽起來，整個艙室都是回音。畢竟是孩子，一上船就開始喊悶、喊熱，吵著要上甲板，父母又怕他吹風太久，只得抱著他跑上跑下。

「我不要下去。吹風很舒服。」

才說完，又是一陣嗆咳。

陳文萱眼底一熱，在甲板目送父子倆進出。也是個喜歡風的孩子嗎？

有一次，他問以欽：如果家鄉被中國占領了，回不去了，最捨不得的會是什麼？那是在台北的租屋處。睡不好的時候，他腦袋裡總是會浮現各式各樣的問題。大學的採訪課，每次擬題綱都腸枯思竭。結果和以欽在一起後，頭一沾枕，問號竟然連綿不絕，能追擊到以欽不支睡去為止。不過，這一題，以欽倒是回答得很乾脆。

「你知道芹壁的風，吹起來是什麼感覺嗎？」

以欽喜歡機車遠勝過轎車，就是因為喜歡吹風。到了台北，明明捷運非常方便，他還是偏好騎車來去。他說，台北的風沒什麼精神，夏天一悶起來更是昏昏欲睡，如果不靠機車催動，簡直不知道一天從何醒起。相較之下，馬祖的風勁力十足，哪怕是中學備考睡眠不足，踏步出門，迎面一陣風一晃，所有睡意都被捲走了。

以欽難得健談，說得陳文萱忘了繼續問問題。

他有一股衝動，現在就把罈子打開。

讓以欽像是「糖果屋」的餅乾屑那樣，飄散在整個海峽裡吧。

反正同樣找不到回去的路了。

這麼想的時候，大浪又一次顛簸過來，胸腹間的暈眩感終於壓抑不住，一股濁流從口中湧出。他反射性地想再忍耐，一旁穿著橘紅色救生衣的船員靠了過來，生臊的海腥味愈加濃烈，船員還正說著「不用忍，都吐出來吧」，他就忍不住探身到欄杆外，往海面吐出更多糜水。船身隨浪不規則晃動，也不見得次次劇烈，但正因如此，身體就怎麼也習慣不了。總以為沒有東西可以再吐了，最後卻還是趴在欄杆上，把肝腸脾胃掏空再掏空。沿著臉頰和嘴角流下的，不只有膽汁和唾沫，也有遮住了所有視線，讓海浪的反光碎成一片的眼淚。自接到以欽的死訊，到領取遺骨，一直到現在，陳文萱赫然發現，這似乎是他少數掉淚的時刻。

喘息之間，一抬頭，小男孩縮在父親懷裡，一臉憂愁地看著他。

陳文萱努力地擠出一個笑容。

「你都沒有暈船，好厲害呀。」

「其實好暈。但我很會忍耐。」小男孩說。

「真好。」他是誠心的，深呼吸：「真好。」

船程才剛剛開始，還有十個小時——。

不知第幾次嘔吐，陳文萱忽然聽到遠方有一聲悶雷。

不只一聲，是連環的炸響。

星空依然晴朗，沒有雲也沒有閃電。

接著，是驟雨一般「嗖嗖嗖」的聲音，急急打在船板上，發出凍花生落在銅盤上，「叮叮咚咚」輕脆密集的聲響。

「小萱啊，快進去！」

船長大喊。

陳文萱腦袋一陣空白，直到身旁的船員推了他一把，他才想起要邁步。那是子彈嗎？從哪裡來的？腦袋還在這麼胡思亂想，身體已經搶進了隱蔽的小艙。他回到自己的鋪位上，緊緊抱著骨灰罈。他腦海浮現不合時宜的念頭：這艘漁船懷孕著我。這艘漁船懷孕著我。他蜷縮起來，感覺自己真正孕育的、還不知性別的孩子，此刻正與父親貼靠著。漁船劇烈抖動，隨後如離弦之箭，猛然向前衝刺。原來忽大忽小的風浪，此刻全都放大，讓人懷疑這艘小船是否隨時都要解體。遠方的悶雷越來越近，從悶雷成了響雷。陳文萱對此早有心理準備，畢竟是「坐桶仔」離開金門的，會有被追緝的風險，可是當彈藥真正擊中船身，聽到船員緊張的嘶吼交錯來去時，他才第一次有了明確的意識。

會死的吧。

只要一發什麼砲彈。不，只要一發小小的子彈，穿透了船艙的薄鋼板。

他感覺自己周身忽冷忽熱，恐懼似乎化為高燒，瞬間流貫全身。

——以欽死去之前，也有一樣的感覺嗎？

他腦中浮現整艘船爆炸，化為一團火球的畫面。而他，就在這團火球的中心，連發生什麼事情都搞不清楚，就成為散落在海水裡的焦屍。恐懼、悔恨與不甘此起彼落，成為內心越來越高漲的水位。只要再高一些，再高一些，就會逼得他推開艙門，直衝甲板……。

忽然，一聲尖細的哭叫，將陳文萱從茫然的震懾中喚回來。是那位太太，以及……沒有了，船艙裡只有他們兩人。小男孩和他的爸爸呢？還在甲板上嗎？太太哭著想要衝出艙門，卻全身篩抖得不成人形，走沒兩步，就整個人仆跌下去。他感覺到太太的恐懼，跟自己是一樣的。砲擊還是槍擊，是烈風還是大浪，不管那是什麼，都無休無止地敲打著船身。他往前走了兩步，也不確定自己要做什麼——是要把太太勸回來，還是幫著出去找人呢？陳文萱比較靠近艙門了，因此也更清晰地聽到外面雜沓的呼喊聲與腳步聲。他不確定，但可能——很有可能——似乎有人中彈的慘叫聲。

那位太太癱軟在門邊，掙扎著想爬起來。老實說，剛上船的時候，他並不喜歡這位旅伴。那位太太的身分、言語和姿態，怎麼看都像是會支持「返鄉公投」，在「群青盟」宣講發傳單時，斥罵他們胡搞瞎搞、引發戰爭的那種公務員。陳文萱有一千個自信，可以駁倒他們的每一句話。可是，現在彈火就在他們周邊呼嘯，戰爭真的開始了，他也不禁害怕起來。

莫非，從一開始，我們真的就錯了。

莫非，那些看似愚蠢而懦弱的，才真正洞悉了什麼。

不，不是這樣的。

我們並非一無所知。並非毫無心理準備。

我們要比一般人更勇敢，才不愧對自己的運動者身分——應該要是這樣的吧。

他的手扶住門框，厚重的鐵塊外頭，包覆著凝固而溫潤的瀝青。他抓住了那麼一塊堅實的地方，終於下定了決心。

「我去找他們。」他對太太說。

穿過因為船體搖撼，許多物品已經凌亂鬆脫的船員臥艙，他掙扎著爬上了甲板。漁船果然全速前進，每一次破浪，都像是短暫騰空。船的後方，另有一艘窮追不捨的艦艇，看起來比漁船大了將近一倍。即使距離很遠，他還是瞥見一方赤紅的五星旗，掛在最高處。而艦首的一挺機槍，槍口正燦然噴發著火光。陳文萱不敢多想多看，學船員彎著身、靠著牆，往記憶中最後一次看到那對父子的方向爬去。

那是在一根柱子——在船上，那叫作柱子嗎——後面。他聽到小男孩的哭聲，加緊腳步繞過去。只見那位父親靠坐在地上，頭深深垂到胸口，四肢敞開，胸口到小腹全是血汗。深呼吸，陳文萱告訴自己，至少孩子還在。小男孩哭得聲嘶力竭，正是他還安好的證明。陳文萱攀爬上前，一把抱住小男孩。

「不要！」

「沒事了，沒事，來，我帶你去找媽媽……。」

小男孩抱著他的父親，臉頰和頭髮已是殷紅一片。

「這裡很危險，我們先下去，乖……。」

「不要！爸爸也危險！」

說著，小男孩一陣猛咳，與急驟打在船殼外的子彈交織起來。陳文萱心一橫，決心把小男孩扯離現場。然而，小男孩的抵抗出奇頑強，一手死死地捏緊父親的皮帶，即使吃痛了也不放開。陳文萱騰出手去解，小男孩被鬆開的手腿又開始掙扎。來回幾次，竟讓陳文萱滿頭大汗，一點進展也沒有。

「你……。」

平素堅韌的陳文萱，幾乎要哭了出來。

不知僵持了多久，或許是好幾分鐘，或許只有幾十秒鐘。總之，陳文萱最後記得的，是在槍彈、引擎、風聲與浪濤之外，忽然多出了一種聲音。像是成千上萬的蜂群，憑空降臨在這廣闊的海面上，沒有被已然紊亂的一切打散。

「有鳥。」小男孩忘記了哭喊，從陳文萱肩頭，指向後方的天空：「好多鳥！」

鳥？

陳文萱回頭。是了，不是蜂群，是鳥群。在晴朗的星夜、強勁的風牆之間，許多閃著紅色光斑的飛鳥，懸停在兩船之間，好像正在思考些什麼。後頭追擊的敵艦發現異狀，連忙調轉機槍的指向，槍焰的仰角抬高起來，不再敲打陳文萱所在的這艘殘破的小船。鳥群沒有遲疑，迅即朝敵艦俯衝，在撞上艦身的那一瞬間，爆出更加鮮亮的雷電之聲。一架，兩架，三架，彷彿在測試敵艦的承受能力一般，它們一個接一個加速撞擊，直到該船船身傾斜，所有的槍聲與人聲都達到鼎沸的高點，又復歸於沉默為止。

小男孩暫時忘了哭，陳文萱也是。

好半晌後，空中傳來巨大的廣播，人聲填滿了沒有岸的空間，一艘打著探照燈的大船靠近過來。

「這裡是中華民國海巡艦，請貴船停船受檢……。」

5

今天的空襲警報，從傍晚開始就沒有停歇。這是第十天還是第十四天，如果不查日曆的話，曹祥官已經搞不太清楚了。

解放軍進占金門那日，向台灣發射了上百發飛彈。西部各大城市都輪番響起空襲警報。曹祥官那時剛從助理手中接過早餐，準備到群賢樓辦公。空襲警報如尖銳的蜂群，猛然遮蔽了台北的天空。曹祥官清清楚楚記得，街頭上的路人呆滯、困惑，最終半信半疑地，匆匆避入附近建築物的樣子。其實很多人只是意思意思站在屋簷下，好奇地望向天空。路上行駛的汽車有一點遲疑，但沒有任何人依照多年演習的指令，真的就地停駛、逃出車外。

曹祥官想也沒想，催促助理衝入群賢樓。也說不上是有什麼先見之明，只是身體比腦袋還快，自己動了起來。助理以為他是趕著上樓，不管是要開會還是去搞清楚狀況。曹祥官喝斥一聲，硬把助理拉往地下室。地下室是停車場和印刷室，並不是走路上班的曹祥官，平常會出入的地方。

「委員，那裡……？」

「往上跑是找死，你他媽沒演習過嗎！」

話音才落，便有數聲爆炸響起。其中一響似乎不遠，甚至微微有震波傳來。助理這時才一臉驚恐，醒覺過來：

「老共打……打過來了？」

這段日子，曹祥官常常想起這最初的一波空襲。最讓他不解，甚至忿懣的，不是「怎麼突然就打過來了」，而是台北街頭的路人，還有反應遲緩的助理——怎麼，你們都不知道這些嗎？這不是從小到大，每年好幾次演練，直到在夢裡聽見，都要能夠立即翻身奔往防空洞的警報聲嗎？

他們為什麼可以什麼都不知道。

就像中學時，在國文科的閱讀測驗裡，讀到一首叫作〈如果遠方有戰爭〉的詩，他還沒讀到第二行，就憤怒了起來。

什麼「如果」。什麼「遠方」。

那是他意識到自己是馬祖人，而不是台灣人的瞬間。

他們什麼都不知道，但什麼都是他們決定。

國防部事後通報，解放軍第一天對台、澎地區發射了一百八十多枚各式飛彈。針對台北市的，主要目標為松山機場、總統府、行政院與大直的國防部大樓。在防空系統的攔截下，只有零星彈藥落入台北市區，造成七處火警、近百人傷亡。國防部研判，這應該只是牽制性的攻勢，目的是掩護解放軍突襲金門。他們並沒有集結足以渡海攻台的兵力，就算即刻開始集結，也要幾個月之後，才能形成有威脅性的船團。

雖然曹祥官拿到的官方報告頗為冷靜，政壇和媒體卻是另一番光景了。民進黨政府受到前所未有的支持，以及前所未有的批評：支持政府立刻打回去，立即獨立；批評政府怎麼還沒打回去，怎麼還不宣告獨立？

執政黨版本的新憲草案，兩天之內就排入議程。同一時間，兩岸也開始了激情但有某種隱形節奏的相互空襲。國軍以飛彈炸射金門、廈門及福建沿海的解放軍集結地，廈門火車站優雅的圓拱型玻璃帷幕被震波擊碎，濃煙從建築物中冒出的影片瘋傳全網，被電視台和自媒體大量推播。作為回應，解放軍也發動了針對台北車站的打擊。如此螺旋向上，雙方每日挑揀目標，攻打停泊在港內的軍艦、發電廠、停機坪上的軍機，然後強力放送戰果影片，彷彿下棋一般，一回合一回合地出招……。

空襲警報終於停止。今天被轟炸的是什麼地方？老實說，曹祥官已沒有那麼關心了。

今天，是軍方協調了專機，要讓他和幾位將官，到馬祖防衛司令部視察的日子。

這是展示決心，也是累積籌碼。

幸好，晚間的空襲規模很小，雙北地區完全沒有落彈，所以不至於影響既定行程。他瞄了一眼手機，即時新聞正在推播一位住在內湖的網友，在家裡拍到的畫面：

幾顆光點從夜幕中滑下，像是一小陣流星。同一時間，另外幾顆光點，拖曳著金黃色的尾焰，從地面迎了上去。那是衛戍首都的部隊，以防空飛彈攔截的畫面。來襲的流星還在遙遠的高處，就與金黃色的防空飛彈交錯，爆出一陣閃光，消失在夜空中。如果很仔細放大畫面的話，會看到一些帶有殘熱的破片，緩慢地飛散、逸失。

各式武器射擊的光影與聲響。很小的時候，父親會在差不多的夜色裡，拎一袋零食飲料，帶他爬上屋頂。

父親不說那是演習，而是用幾分嘲諷的語氣說：「來看馬祖煙火。」再過幾年，換他牽著幼小的以欽，爬上屋頂。以欽和他一樣，從小就聽慣、看慣了槍砲。

那是馬祖人日常頻頻發生，而台北人終於以真切的恐懼看到的煙火。

所以，即使曹辦大多數人都反對，他還是堅持要安排這項返馬行程。馬祖畢竟沒有那麼多想從政的年輕人，辦公室裡大多數的幕僚，都還是台灣出身的。曹祥官從他們的眼神中可以看出，他們覺得這是有勇無謀的舉動。他們也許有點欽佩曹祥官的勇敢，但更多還是認為，他被鄉土之情羈絆，而失去了正常的政治判斷力。

差不多整裝完成後，房門響起了敲門聲，以及李炤華恭敬的嗓音：

「委員，車來了。」

他對鏡抖了抖西裝。鏡子反射了對面懸掛的，另一幅放大的攝影圖片。那是兩隻白鶺鴒，降落在金板境天后宮火焰形狀的山牆上。整幅畫面染著金光，應是午後時分拍攝的。白鶺鴒黑白分明，刀雕出來一般的羽色，竟也有一種柔和靜謐的感覺。在台北，偶爾也會看到這種鳥，但他總覺得「不道地」——彷彿以欽所拍的這些照片，才是白鶺鴒的真身。鏡中的自己，也是一身黑白交錯的服色。

據說，這種鳥在台灣有大量定居的族群，在馬祖則比較多過境鳥。

李炤華陪著他，坐進了公務車後座。正副駕駛位上，各有一位身著白襯衫、黑色西裝褲的精壯男子。開戰之後，立委、部長、縣市長等級的公職人員，通通配發兩名特勤人員，一出家門便寸步不離。執政黨的委員開玩笑說，這是「準總統待遇」，笑而納之，至少沒聽說什麼抱怨。然而國民黨的委員，特別是陳新泰和曹祥官，心底不禁生起疙瘩：明面上是說戰爭期間，防備敵方滲透暗殺，影響政局；實際上，這有沒有監視的意思呢？想到這裡，不免有百口莫辯的氣結之感——陳文萱那小娃兒斬釘截鐵相信他的清白，國安局可未必那麼想呢。別說國安局了，連他自己也沒有把握：幾十年來，他跟福建省的國台辦有不少交情，觥籌迎往之間，是不是真做了什麼「通敵」之事？

現在，軍事戒嚴令一下，如果真被抓到什麼小辮子要查辦，也不是不能想像的。不過，這樣也好。戰時的交通管制嚴格得多，有特勤人員當司機，至少一路通關順利，不至於把十五分鐘車程開成五十分鐘。曹祥官往座椅上一靠，一手解開西裝鈕釦，半閉著眼聽李炤華匯報過去幾個小時的訊息。幾個議案的連署，幾位馬祖議員十萬火急的請託，以及更多熟人與閑人的慰問。他拒絕與陳新泰見面一事，已經傳遍了台北政壇，每個人都想來探探口風，唯獨陳新泰本人，是再也沒有一絲聲息傳來。李炤華是老部屬了，幾番話到嘴邊，又一副不敢造次的表情。

曹祥官嘆了口氣。

「有話就說吧，不必憋著。」

「不知道委員的考量，但是……」李炤華越是吞吞吐吐，通常就是越真心的意見：「我們是不是應該給陳委員掛個電話？」

「在他踹上門來之後？」

「或許是我做得不對。如果我不把門關那麼緊，陳委員也不必踹門。」

──明明就是我下的令，還真能拗。曹祥官沒有說出口，只是輕哼了一聲。

「如果我們一直不聯絡陳委員，外面的閒話，恐怕會越來越多……。」

「什麼閒話？」

李炤華深吸一口氣。「黨內有人說，您是在復仇，您覺得是……是陳委員要為令郎的事件負責。」

「喔？」曹祥官側過臉，注視這位曹辦最資深的老臣：「你也這麼覺得嗎？你覺得我反對他的提案、不顧過往情誼、展現與他完全不同的立場，是為了幫以欽報仇？」

李炤華不說話了。

「……這樣，難道就報得了仇？」

曹祥官聲調並沒怎麼提高，不像是在質問、反問，更像是自言自語。

「炤華啊，你有沒有想過，如果真的要報仇，那我反而更應該支持新泰兄的提案，不是嗎？那些個綁架以欽的王八蛋，那些草草把以欽給燒了，明擺著要湮滅證據的狗官，不是都還在金門島上嗎？要報仇，就他媽給我往死裡打，金門現在有多少共匪，就他媽殺多少共匪——這，為什麼你們都想不通呢？」

「您不恨嗎？」

「恨啊。恨得過來嗎？恨我那金門媳婦把他拐到險地去，還是恨我自己沒把他綁在馬祖？不，這是兩回事，我反對新泰兄，而且此時此刻絕不能再與他合作的原因，跟恨不恨毫無關係。真正的關鍵只有一個：國軍現在有多少兵力。」

「啊？」

「在這一波動員之後，兵力有多少？」

「大約二十五萬……。」

「有多少戰機？」

「不足四百……大概是四百架。」

「海軍的作戰艦艇呢？」

「加上潛艦和大小船隻，大概七十多艘。如果把海巡可以用的算進去，大概可以到一百艘。」

「這些兵力，扣掉防守台澎所需的，還能勻出多少？」曹祥官面容凝肅：「更重要的是：能勻出來的這些，如果都拿去搶金門了，要拿什麼守馬祖？」

李炤華瞳孔倏然放大。

「守馬祖？您是說……。」

「對。這一趟回來，我就會提案。」

「可是他們……先不說我們黨內，民進黨他們會答應嗎？他們連金門都棄守，馬祖……。」

「會的。」曹祥官淡淡說：「他們會答應的，我們手上有他們很想交換的東西。」

談話間，車子已經駛過民權東路與復興北路的圓環，通過最後一個檢查哨，機場大門近在咫尺。這一次的沉默特別長，李炤華似乎陷入了難以表達的、糾結的思緒裡。曹祥官知道他並沒有被說服，換作是他，也不見得會相信的吧。但是，如果有一個方案，是同時可以保住自己的家鄉——有的人會說是「地盤」，這麼說也無所謂——，並且又能完成兒子的遺願，那麼，外人以為他是讓步了、交換了、改變了的那個決定，實際上並沒有想像中困難。這麼十幾天來，他在空襲警報的轟鳴聲中，反反覆覆想過了。如果這個國家無論如何都要做出這個決定，那他不要被排除在外。相反的，他要參與其中，成為一顆微小但關鍵的樞紐。

好吧，其實他沒有完全對李炤華說實話。

因為這也是一種復仇。

6

曹祥官對松山機場是再熟悉也不過了。從選區到大院，每年少說也要經過兩百次。

然而，他完全不知道，機場裡面竟然有這麼一處密不通風，連手機都沒有收訊的小房間。

他已經在這裡待了一個多小時，早就超過預定起飛的時間了。別說預計陪同他去馬祖的國防部官員沒有出現，除了把他「請」進來的那兩位特勤，誰也沒有露面，就他一人枯等。勉強還算幸運的是，這鐵盒似的房間，還有一面朝向機場跑道的、半人高的窗戶。從視野上來看，曹祥官知道自己大約位於三樓或四樓——他能夠俯瞰近處的幾架飛機，也能看到遠處的幾條跑道，有著前幾日被轟炸的痕跡。幾輛玩具似的車子，和豆點一般的人員，正在把什麼東西填進坑坑窪窪的跑道上。

這是台北最重要的機場，且與國防部只有一河之隔，被解放軍重點招待是合理的。不合理的是：把他拘在這裡，既不跑行程，也不逮捕，又不問話，到底是什麼意思？他努力回想進門前的流程：車停好後，炤華自行搭捷運離開，兩名特勤陪他進機場。辦手續、掛行李都沒問題，現在允許飛往馬祖的班機很少，地勤人員都很清閒。在候機室，他隨意買了幾樣點心。然後……然後兩名特勤就靠過來，很有禮貌地說：

「委員，這邊請。」他們沒有說要去哪裡，但顯然不是要帶他上飛機。他心裡轉過同黨委員的閒話，心想，果然來了嗎？遲疑太久，其中一名特勤靠得更近，傾身向他：

「曹委員，這是為了您的安全。」

不聽話，就會不安全。是這個意思吧。

都進到候機室了，要跑也實在沒有路——就算有路好了，這把年紀，手上捧著兩顆肉包，還想跑到哪裡去？

在那一瞬間，他竟升起一個毫不相干的念頭：啊，原來這位特勤是原住民，輪廓真深啊。簡直就像是馬祖的路上，開著軍車上坡下坡的那些海軍陸戰隊士兵。

這一個多小時，他勉強滑著毫無訊號的手機，回想每一個LINE群組、每一封email。如果政府要辦他通敵，會是哪一件事呢？然而從政幾十年，交陪過的中國官員都換兩輪了，千頭萬緒，哪裡想得過來。就算想起來什麼，把資料刪了，檢調多的是還原手段。曹祥官雖然不年輕，這點常識還是有的。就算他現在從這不透風的鐵盒裡摸出一把榔頭，把手機給砸了，伺服器裡面的資料還不是毫髮無傷。

王八蛋。

依稀記得讀過一篇文章，有個知識分子被政府監聽好幾年。有天終於受不了，抄起電話大吼：「我就在這裡，你們他媽就來抓我啊！」

現在不過悶了一個多小時——。

喀。

門閂轉動，不十分響，但已足夠把曹祥官震醒。那位有著原住民面孔的特勤，半張身子探進門，正在迎接誰的樣子。隨後，一名白淨瘦高的男子，拎著公事包跨進來。一如所有政界人物，他一個箭步趨近，親熱地握住了曹祥官的手，連連鞠躬：「曹委員，不好意思，不好意思。」就在這幾秒間，曹祥官皺了皺眉，這才認出這名有點眼熟的男子。

「黃祕書，好久不見了。」他對著蘇敬雅總統的機要祕書說：「沒想到會在這裡見到你。我還以為，會是國安局的同仁來呢。」

黃祕書輕輕一笑，竟也沒有否認。

「他們忙得很。來，請坐，我們先談談吧。」

「我洗耳恭聽。」

來人不是檢警，也不是情治單位，確實讓曹祥官心安了一些。可是，為什麼是黃祕書？這人面貌清秀，看起來只是三十多歲的普通青年，實際上卻是頗有資歷的幕僚了。在追隨蘇敬雅之前，他還當過幾位立委的助理，所以曹祥官能認得出來。印象中，黃祕書頗為低調穩重，雖然沒有什麼驚人之舉，但也沒出過什麼亂子。後來因緣際會，他加入蘇敬雅團隊工作，就在總統府裡面掛了一個職位，以他長年遊走國會的人脈，為府方與各別委員溝通。雖說如此，曹祥官還是第一次和黃祕書單獨談話，畢竟，蘇總統通常不會需要和連江縣立委喬什麼事情。

黃祕書坐在他對面，把一具手機推過來。

黃祕書的手機是有訊號的。

所以，不是因為這間房間……？

他還來不及問，黃祕書先開口了：

「很抱歉，因為事態緊急，所以採取了不太禮貌的措施，請曹委員不要見怪。之所以如此，是因為，我們在您的行李箱裡發現了這個東西。」

手機螢幕上，是一個黑色塑膠材質的盒子，大小比辦活動發給民眾的西點麵包餐盒再大一些。

曹祥官目瞪口呆。

「看來，這不是您的東西了？」

「我沒有這種東西……這是什麼？」

「國安局同仁說，是炸彈。一種可以遠端控制的炸彈。」黃祕書依然帶著淡淡的微笑：「也就是說，如果飛機正常起飛，幾位陪同您赴馬視察的國防部將官，可能已經葬身台灣海峽了。」

「不，不是我。」曹祥官感受到他話裡的敵意：「什麼炸彈，我根本不知道這玩意兒。」

「幸好，我們的安檢很確實，取消了這班飛機。它現在還停在跑道上呢。」黃祕書食指點了點窗戶。那個方向的停機坪上，有架孤零零的客機，就連接引乘客的空橋都沒有安裝。

曹祥官寒毛直豎，腦內亂線交雜。自己的行李箱，怎麼會多出一顆炸彈？他昨晚就收拾好了，除了幾套適合視察的衣服，幾件妹妹託他買回去的零食，什麼也沒有多放。莫非，這才是他們的計畫——何必從什麼LINE訊息裡面慢慢找罪證呢？罪可以是現成的，反正這個局面底下，要讓一般人相信「國會離島連線」的每一位立法委員，早就預謀通敵叛國，並不是很困難的事。金門都丟了，馬祖當然也不會清白。

想到這裡，他長嘆了一口氣。

「所以，這就是你們的結論了？」

「您是說……不，不，」黃祕書露出幾分驚訝的表情，搖了搖頭：「不是不相信您。畢竟，這是一班您也會搭上的飛機。就算再怎麼懷疑您的國家認同，也不至於認為，您會拿自己的性命，去陪葬那幾位將官。我們想知道的是——您知不知道有誰曉得您的行程，又有動機這麼做的？」

「誰？我不知道。你們事前就告訴我，因為要到前線，所以別張揚。我什麼人也沒說，打算回來再公開呼籲的。」

「什麼人也沒說？」黃祕書一挑眉。

「除了曹辦的幕僚，我什麼人也沒說——你知道我的意思，你自己也是幕僚。」

「那就不是『什麼人都沒說』了。」

「你是懷疑我的人？」

「恐怕，不只是懷疑了。」

黃祕書在手機上一揮，畫面變成了一則即時新聞。發稿時間大約是四十分鐘前，就在曹祥官被強制斷網，拘在這小房間期間。內文赫然寫著：編號若干的某航班，今晚從松山機場出發後，航跡於東莒島的東北方消失。據消息人士指稱，該班機已經爆炸墜毀，機上的連江縣立委曹祥官、國防部政務副部長蕭鴻飛已無生還可能……。

「我？已經死亡？」曹祥官不禁失笑：「飛機還在地上？」

黃祕書聳聳肩：「製造假的航跡圖並不難。讓幾個不入流的記者，自願寫出這種報導，就更不難了。」

「可是，為什麼？」

黃祕書再揮手，手機上冒出的是十五分鐘前召開的記者會直播。記者會的場地，是曹祥官很熟悉的青島二館的大門口，顯然是倉促召開的。而站在畫面正中央，拿著麥克風、聲淚俱下控訴政府自導自演、謀害曹委員的那位身材胖大的演說者，更是曹祥官熟悉到不能再熟的人。

原來，李炤華也能有這麼激動、這麼聲情並茂的演說啊。而且，是在如此突發、一切資訊都不明朗的情形下，就立刻做出政治判斷，把結論指向政府，想好一整套說詞……。

還真是小看這位東引小同鄉了。

一個晚上心情劇烈起伏，曹祥官感到疲憊從身體各處湧上來。

所以，這是將計就計。找到炸彈不說破，偽造假事故，引蛇出洞。

因為他們也不能確定，我有沒有參與其中。

現在看來，我通過測試，而李炤華咬餌了。

李炤華什麼時候動的手腳？在他幫我搬行李的時候嗎？

「再次向您致歉，我們也不願懷疑曹委員，但時機敏感，我們必須小心。」黃祕書輕聲說：「也很遺憾，您的辦公室主任很快就會被逮捕了。」

曹祥官深呼吸。

「證據是確鑿的嗎？」

終究還是問了這麼一句。

黃祕書點點頭。

「國安局已經監聽非常、非常久了。再加上這一次的事件，恐怕已無轉圜餘地。」

非常久，是多久？監聽，是監聽哪些人？

不問也罷。

「如果證據確鑿，也沒什麼好轉圜的。辛苦你們了。」

「我會將委員的慰問，傳達給負責的同仁。」

「那，我什麼時候要去收拾這場鬧劇？」

「隨時可以。但我會建議您先讓特勤護送您返家，再做定奪。不管您要受訪，還是個人直播，這幾天戒護您的人力，都會特別加強。」

曹祥官點了點頭。他很難說清楚自己此刻的感受。一兩個小時內，他經歷了死裡逃生，從被懷疑被拘禁，到洗刷了清白。然後，直到他再次站在媒體之前，他都是一名暫時的死者。他想起以欽跟他說過的一個故事——那是以欽還很小很小的時候，在公務的間隙，他會帶以欽走踏島上的宮廟。然後，他們就會交換故事：他告訴以欽每座宮廟的來歷，以欽則會分享他最近讀過的故事書。有一次，以欽從發問開始：你知道《湯姆歷險記》嗎？他答：世界名著耶，怎麼可能不知道？

——那你知道，湯姆參加過自己的葬禮嗎？

以欽自小就是愛看書的孩子，每每讓他驚奇。就算是自己所親生的一個生命，也能看到自己完全不知道也沒想像過的，幾乎全新的世界。

他的手機忽然連續振動起來。

收訊恢復了。

他抬頭，與黃祕書對上眼。

「你們，行啊。」他晃了晃自己的手機。

「感謝曹委員大力支持資通電軍的預算。」

曹祥官冷哼一聲。

他感覺自己完全冷靜下來了。他不再是那個不確定自己是否有叛國嫌疑的待罪之人，重新找回了身為連江縣立法委員的自己。現在，大多數問題都有了解答，只剩下最後一個問題。一個最初的、鮮明的問題。這場對話，可以不必由黃祕書發動，可以是任何一個警方或情報單位的人員，甚至可以由他的特勤隨扈轉知。事出必有因，由總統的人馬來驚他一場，再「誤會冰釋」，這不會是偶然的。

但實際上，曹祥官似乎也不需要有什麼答案，只需要確認下一步的具體細節。

「既然來的是你，我們就打開天窗說亮話吧。」曹祥官眼神加重幾分，注視著絲毫沒有退卻，彷彿早有準備的黃祕書：「馬祖我可以晚點去。但在我的記者會開完之後，我要和蘇總統見一面。」

黃祕書微微躬身。

「太好了。總統正有此意。」

7

「回馬祖之後，就住在家裡吧。」

曹祥官在電話裡，這麼對陳文萱說。那是在轟傳一時的「李炤華共諜案」爆發後三天。曹祥官顯然是在諸事忙亂的空檔，勉強撥了這通電話，話筒傳來他那邊嘈雜的人聲，聽起來是某幾位立委拿著大聲公，反覆喊著單調的口號。「陳小姐，」曹祥官一開始這樣叫他，很快又禮貌地說：「如果你不介意的話，我可以稱呼你『文萱』嗎？」他迭聲說沒問題，勉力從一堆雜音之中，記住曹祥官匆匆交代的消息：返馬的新班機已經安排好了，是某日某時某編號的航班。戰時規定，需要有公務目的才能搭機飛越台灣海峽，所以曹祥官已為他安排了一個曹辦服務處專員的身分。請他在這兩天，到曹辦領取工作證，同時取走以欽。

「文萱哪，不好意思，讓你掛這職缺是大材小用了。委屈一下吧。」

「哪裡，沒問題，謝謝您的費心安排……。」

陳文萱話說到這裡，腦後一陣糾結。下意識要補上一句稱呼，但是……要怎麼叫呢？當時一闖曹辦，劍拔弩張之間，全程都叫「曹委員」。然而曹祥官都改了對自己的稱呼，他怎麼可能聽不出來，這是認可與示好的意思？這時候再喊「曹委員」，那就見外了。可是，猝然要他喊曹祥官一聲「爸」，雖然道理上是沒什麼問題，一時之間就是發不出聲。幸好，曹祥官急於把事情交代周全，很快又補了一句：

「回馬祖之後，就住在家裡吧。我已經跟姑姑說了。」

電話掛上之後，陳文萱不禁自嘲：與以欽結婚好一陣子，這時候才開始跑「嫁入曹家」的傳統流程，在婚姻這一途，自己果然還是新手啊。還在交往的時候，偶爾想念家鄉菜，兩人就約幾個朋友，到西門町的「新利大雅」吃一頓福州菜。平常斯文節制的以欽，這時候可就饞得不像樣了，尤其要喝福州燕丸、魚丸湯。大家都年輕，放懷大吃，菜是一輪叫完再叫一輪的。有位朋友最愛逗以欽，總和他搶最後一塊光餅或最後幾粒燕丸，先出手用長勺按住，開始談判：拿一個戀愛故事來換！以欽滿面通紅，口舌打顫，而他自己就在一旁笑吟吟看這些男生耍猴戲。

一個戀愛故事換一粒。那位朋友叫作黃肇森，瞟了一眼陳文萱，轉頭再施壓：我沒說是和誰的戀愛故事啊——搞不好「學姊」也有興趣聽呢。

看來那個時候，黃肇森就展現了投入政界的天分，難怪他在蘇敬雅身邊做得順風順水。

每次吃完福州菜，以欽都會提到姑姑的一手好菜。尤其是燕丸，小時候吃慣了，到台灣讀書、自己會下廚了，才知道「肉包肉」的燕丸多麼費工又罕見，姑姑做的又更添一分鮮美柔韌，台北費盡千辛萬苦找到的，在他口中總是差強人意。陳文萱見他把姑姑的手藝捧那麼高，冷哼一聲：

「那可麻煩了，如果哪天我要『洗手作羹湯』，沒有小姑，卻有姑姑這一關啊。」

以欽傻笑：「你放心，姑姑寵我，沒問題的。」

「他寵你，對我是不是一件好事，還難說呢。」

現在，陳文萱這「遲過門」的「媳婦」，終於要在北竿機場，與耳熟面不熟的姑姑見面了。比起一路嘔吐，又被解放軍追擊的金門赴台之旅，這趟赴馬的航程簡直是貴族待遇。只有中間一段亂流，讓乘客們驚惶了一陣。不過，很快確定不是敵機襲擾、沒有被飛彈鎖定後，大家便又安定下來。

拖著行李走出小而俐落的機場，就看到約好的黑色休旅車，一位身高略矮、身形精瘦的大姊倚在車旁。他的頭髮略白，但以那個年紀來說，氣色與狀態都非常好。也正因如此，陳文萱和他對上眼的時候，心底不禁一凜。那是一個向來慈和的人，被悲傷和憤怒浸透之後，冷然散發出恨意的樣子。不張揚，但是也沒有隱藏。就一眼。

「上車吧。」姑姑先開口。

陳文萱諾諾稱是，將行李箱拖到車邊，然後先小心翼翼地，將以欽的布包罈子卸下來，暫放在後車廂。直到把其他行李都搬上車之後，他才抱回骨灰罈，默默坐進副駕駛座。

姑姑在一旁看著。有那麼一瞬間，彷彿是要說什麼，最後還是不發一語。

是啊，畢竟是最寵愛以欽的姑姑。

姑姑在橋仔開了一家民宿。就像許多馬祖人，姑姑有三處房產，另外兩處在福州和桃園。他們像候鳥一樣，隨著季節與風向遷徙——觀光季回馬祖做生意，淡季到台灣生活，想旅遊探親的時候就飛福州。現在，台灣海峽上空風狂雨驟，福州的那棟房子大概有好一陣子去不了了，房產會不會被共產黨沒收還是未定之天；而在剩下的兩棟房子裡，選擇住在哪裡，就是不同的心思。

畢竟，所有人都覺得，馬祖的淪陷只是時間問題。

是要守著老厝，還是避走海峽另一端？

要給共產黨統治，還是做好居留台灣，長年回不了家鄉的心理準備？

姑姑沒有走，陳文萱猜不出是哪一種心思。但他有一種不現實的私心：也許，姑姑的想法會跟以欽類似。不走，不是因為對時局無所謂，而是因為不願棄守，不願失去。然而姑姑表情冷峻，兩人之間只有車窗外捲進來的、呼呼作響的強風。

你知道芹壁的風，吹起來是什麼感覺嗎？

陳文萓不會責怪姑姑的冰冷，那是人之常情。可是，他也有自己的常情，也想要抗辯：是的，我也覺得以欽的死，是我的錯。所以，我必須來到這裡，打破自己所有的原則，為了他「嫁入」曹家。更重要的是，「嫁入」馬祖。他為我做的，我也會全力為他做，即使這可能意味著自投羅網，從一處好不容易逃出的地獄，奔赴另一座正被敵影籠罩的島嶼。

即使知道自己來，是一點忙也幫不上的。

「群青盟」已經形同瓦解。夥伴們好一段時間沒有互相聯絡了。

車到姑姑所開的「慢海」民宿，沿途人煙不多，顯然不少人都舉家撤回台灣了。民宿裡沒有客人，有check in櫃檯的客廳只開了一半的燈。陳文萓同樣先把罈子抱進屋裡，在姑姑的指引下安置好，才回頭去卸行李。

「你的房間在二樓。晚點叫你吃飯。」

「好，謝謝姑姑。」

或許因為回到家裡，姑姑的臉色稍微和緩了一些。

陳文萱覺得自己必須負責打破僵局，於是冒險開口：

「以欽常常跟我提到姑姑，很高興能見到您。」

「喔，是嗎？那怎麼不早點回來呢？」

姑姑回得毫無停頓，不像是刻意責怪，但也不像是沒有怨言。

「對不起。」陳文萱低聲說：「我很抱歉，真的。」

姑姑搖了搖頭。「先別說這些，上去休息吧。」

至少讓姑姑多說幾句話了。陳文萱壓下自己的氣餒，往房子更深處邁步。為了方便客人搬運行李上下，這棟四層樓高的房子，設有一座可以載運五人的小電梯。他一手拖一手抱，和姑姑一同走進電梯。一進去，他就被迎面的一張照片懾住。

掛在壁上的，是熟悉的光影與構圖風格。

那是一個小巧的轎班。四位身著粉紅色連身外套、紅色長褲的大姊，扛著一尊尺寸不大的神轎。他們顯然以特定的步法行進，神轎幾乎被晃到右傾九十度。背景的廟門上，雕飾的不是傳統廟宇常見的飛龍，而是一對擁著牌匾的鳳凰。攝影師從隊伍正前方拍過去，排頭的大姊眉眼肅穆，全心全意投入一件大事那般，讓身旁的光影都神聖了起來。

全女性的轎班。排頭那人，還能是誰？

「女帥宮……姑姑，你是女帥宮的乩將？」

「怎麼，以欽沒有跟你說嗎？」

這是姑姑第一次提起以欽的名字。陳文萱搖了搖頭，半是由衷，也半是討好地睜大眼睛。

「以欽跟我說過女帥宮。他說，很多人以馬港天后宮為代表，說馬祖是『女神之島』。可是，他自己更喜歡女帥宮，它才是真正只有女神的廟，而且元宵時只允許婦女扛轎。但他沒有告訴我，原來姑姑就是……。」

「好幾年前的事了，現在老了，跳不動啦。」

姑姑的語氣明顯柔軟了一些。他踏出電梯，順手就幫陳文萱把行李箱拖出門口。一回頭，只見陳文萱還抱著罈子，癡癡看著電梯裡的照片。

「我以為我看過以欽拍的每一張照片。」

「你沒見過這張？」姑姑哼了一聲，踏步上前，鎖住電梯門，和陳文萱並肩站住：「掛在這裡很久囉，快十年了吧。怎麼，有那麼好看？」

陳文萱搖搖頭，又點了點頭。他很難跟姑姑解釋，他的眼神為什麼離不開這張照片。不只是看起來更年輕矯健的姑姑，不只是因為想起以欽和他說過的，那些漂流來到島上的神像和身軀的故事。更是因為，在照片遠端，女帥宮雕著鳳鳥的山牆之上，還站著一道嬌小而鮮明的身影。如果不是他才二度去了曹辦，他恐怕還不會注意到。

又是一隻白鶺鴒。

尾羽輕點，輕盈而毫不害羞地，站在比百鳥之王還要高的地方。

那全然不是構圖重點，焦距並不精準的小小的身姿，直直刺穿了陳文萱。姑姑沒有聽到他答話，轉過頭來，這才發現陳文萱已經淚流滿面，肩膀不住地顫抖著。姑姑先是一愣，短暫地遲疑之後，終於伸出手摟住了陳文萱，以及他懷裡的布包鐔子。

「沒事。」姑姑說：「沒事。到家了。」

8

長久以來，總統寓所都位於重慶南路和愛國西路的交會點上。建築雖然都是同一棟，但歷任總統都可以重新取名及裝潢。蘇敬雅上任之後，這棟建築就從「萬里寓所」改名為「永誌寓所」，一方面取「永誌初衷」的意涵，一方面也呼應他以同志身分當選的性別意義。寓所內清淡雅潔的布置，確實也很符合他的政敵所攻擊的「文青治國」形象——曹祥官在特勤人員的引導下進入，第一眼看到的，就是橫亙在客廳的咖啡吧台。並且，還真有一名女子泡了咖啡，時間掐得分秒不差，端到剛剛入座的曹祥官眼前。

「委員請用，敬雅應該快備好早餐了。」

說完，那位低調但無人不曉的總統夫人，旋身退出了房間。他一身俐落套裝，看起來另有自己的行程要走。幾年前，總統夫人還是台灣某大銀行的高階主管。隨著蘇敬雅越選越高，為了避嫌，他也就辭去工作，專心為幾個慈善機構做財務規畫。坊間盛傳，在解放軍攻打金門、轟炸台灣之後，第一波來自歐洲的人道救濟物資，就是透過他的人脈喬來的。

總統夫人後腳跨出去，蘇敬雅前腳就跨進來。他的手上端著兩個瓷盤，十分洋派地鋪著煎蛋、冷肉、沙拉與麵包。前幾日，黃祕書說已經約到總統的「早餐會」時，曹祥官並沒放在心上，沒想到真的是一起用早餐的會面，而且是總統夫妻親手張羅的。

當然，曹祥官不是初出茅廬的小伙子了。他深深知道，讓對手「受寵若驚」，也是一種可以操作的談判手段。

「邊吃邊談吧！」

「謝謝總統。」

「哪裡，是我要謝謝曹委員長期的指教和支持。並且，」蘇敬雅頓了一頓：「……也請節哀，關於令郎。那時我人也在金門，非常遺憾。」

曹祥官神情淡淡：「他為了自己的理想，做自己想做的事，已經是遺憾比較少的人生了。」

蘇敬雅點點頭，喝了一口咖啡。永誌寓所非常安靜——不只是耳朵聽不見雜音，甚至連電子訊號的偵測與防護，都是最高等級。在台北市的這一地帶，有著全世界罕有的防空飛彈密度，就算空襲警報響起，很可能也不會引起太大的波瀾。經過過去幾週的轟炸，這些防空系統證明了自身的效率。曹祥官的同黨立委，也從批評「花大錢買沒用的美國武器」，轉向批評「為什麼以前沒有多買一點，難道其他地區的人民命比較賤嗎」。

「在進入正題之前，我想有必要先和委員分享新的情資。」

「喔？是我可以聽的嗎？」

「是您不能講出去的。但我想您也不會。」蘇敬雅斂容：「前幾天開始，福建省平潭一帶的通訊流量異常增加，人員和物資的調動也變得越來越頻繁。我方的研判是，這些舉動應該是早就計畫好的——如果您搭上了那班飛機，不幸罹難的話，中國就會以此為藉口，一舉奪下馬祖。萬幸的是，您現在在這裡；但可惜的是，他們似乎還在增兵平潭，並沒有打消進攻的念頭。」

曹祥官瞪著蘇敬雅。

如此緊急的態勢，你還能講得一派從容？

「所以，您來得非常及時。我們確實該好好討論馬祖的未來。」

「還有什麼好討論的？請立刻增援馬祖。」曹祥官厲聲說。

「這沒有那麼簡單。您知道的，馬防部的兵力現在只有兩千人，而且散落在很多個島上。解放軍只要以營級單位進攻，很輕易就能各個擊破。」

「那至少防守大島啊！把兵力收縮到南北竿、東西莒和東引……。」

「五個島。而且我們不知道他們會從哪個島打起，也就是說，每個島都要配置能夠獨立防守的部隊——國防部認為，如果要萬無一失，恐怕要讓馬防部擴編十倍。這等於是說，我們要把全國總兵力的十分之一，推到最前線，防守全國總面積千分之一的區域。」

曹祥官深呼吸。來了。總是這樣，只要談到離島，就是面積、人口、兵力。彷彿這些事情，只需要小學生等級的算術，就能夠得出最好的解答。

但是，他也不是全無準備。

「蘇總統，不久前，我聽過一段話：**『我們要做的，是把自己所在的家鄉，帶去自己想要的那個未來。』**我覺得這段話說得很好。還有更好的一段，雖然是對金門人說的：**『辛苦了，謝謝你們頂了這麼久的壓力；對不起，我們應該更常想起這件事。』**」

蘇敬雅靜了下來，注視著眼前的對手。

「現在，我，一個北竿人，坐在你面前。我明明白白告訴你，我希望我的家鄉擁有的那個未來，是不要被中國統治的未來。就在此時此刻，我的妹妹，和我懷了身孕的媳婦，以及許許多多我認識的馬祖人，都還待在島上。在平潭島的攻擊範圍內。你說過那麼好的一段話，我們今天就是要來確認：這是不是又一份漂亮的演講稿？在我兒子泡在水裡的同時，你說過的這些話，到底還算不算數？」

桌上兩份沒怎麼動過的早餐，此刻明顯地冷卻了下來，泛著失去新鮮感的油光。蘇敬雅右手的幾隻指尖，輪流輕叩著桌面。好半晌，他才放下一直以來，完美的官式表情，苦笑浮上臉面。

「曹委員，老實跟你說。如果現在有一種科技，可以生出無堅不摧的防護罩，直接罩住金門馬祖，相信我，我願意不計代價去弄幾座來。掏空國庫我都買單。問題是沒有。」

「是沒有。所以才要呼籲您派兵。」

「派兵了，然後呢？我們可以派兩萬人、三萬人去守島，但接下來解放軍會做什麼，您也不是不知道。這麼多人，要糧食補給，要彈藥補給，要反覆運送。基隆到馬祖十個小時的船程，解放軍只要盯著補給艦隊打，我們不可能護得住補給線。人少會失守，人多了會餓死，這是左右都碰壁的局面。圍點打援，本來就是中共最擅長的戰術，他們現在沒有立刻動手，就是在等我們把更多兵力送上去——這您不會看不出來吧。」

「您問我？可以看到完整情資的，可不是我。我不相信軍方這麼多年來，沒有想過要怎麼應對這個局面。」

「哇。沒想到您對國軍有這麼深的期許。」

曹祥官冷哼一聲。「我父親是陸軍少校退役的。」

「看來您有位值得驕傲的好父親。」

「我父親告訴過我：不要相信任何人說『沒辦法』。他們這麼說，只是因為還沒有足夠好的理由，讓他們願意為你想辦法。」

「很睿智。但也很武斷。」

「我相信我父親，所以我想用一個提議，來刺激一下您的靈感。也許聽完之後，您會想到什麼好辦法也不一定。」

「喔？」蘇敬雅挑眉：「洗耳恭聽。」

「現在國會裡面一百一十五席，貴黨這一方有五十六席，比在野黨的五十九席稍微弱勢一點，對吧。所以，各種議案都被遲滯。特別是制定新憲，民意有很高的呼聲，但席次數量還遠遠不夠。我想……。」

他還沒說完，蘇敬雅已經微微頷首，顯然已經猜到他要說什麼了。

「我想我是最有理由，第一個支持貴黨立場的泛藍委員。畢竟，我也是第一個，父子都被共諜密謀暗殺的委員。」

「五十七比五十八，聽起來不錯，但似乎還不夠。」

「不，是五十八比五十七……除了我以外，澎湖的立委和我也滿有交情。要是您願意出兵保護馬祖，至少做出這樣的努力，我想澎湖這方面也會比較安心。這樣，我有把握把他也拉過來。局面就逆轉了。」

「過半了。」蘇敬雅歪頭：「但是修憲要四分之三席次，八十七席。」

曹祥官聳聳肩。「我可以再拉一些，也許蘭嶼，也許綠島，甚至桃園的幾位。大概只有金門……暫時比較困難。您也清楚，不可能靠我一個人催動三十席的來回。然而，我可以擔任那個破口，那個打破僵局的第一人。我想，許多國民黨立委也在觀望，如果給他們一個『證明自己不是共諜』的機會，聰明人會抓住的。」

「您的提議很合理，也很誘人，但您不擔心和黨內的關係？」

「黨內？」曹祥官哼了一聲：「這個黨如果連見風轉舵都不會，恐怕還比我早入土呢。我擔心什麼，我從來也不是靠他們選上的。」他略一停頓，像是在考慮些什麼，但很快決定放開來講：「我也不怕你知道。搞不好這麼一遭下來，我就會是新的『黨內』了。中共都打過來了，在這種情況下，我們新建立的國家裡面，還存在一個『中國』國民黨，可能嗎？」

「很高興聽到您這麼說——我父親也給過我一個忠告：你應該優先相信那些，好好為自己的利益思考過的人。」

「聽起來，我們應該算是有點進展了？那，我的要求很簡單：新憲法、新國家叫作什麼都可以，但是台澎金馬綠島蘭嶼，通通要寫入疆域範圍，一座島都不能少。」

「馬祖……。」

「對。這就意味著，國軍有防守的義務。」

「金門……。」

「我知道短時間奪不回來，或者可能永遠奪不回來。但至少，意念上不能放棄。」

「意念啊。您果然是一位頗富中華民國風格的立委。」

「……這是我能為老朋友陳新泰，爭取的最後一點東西了。」曹祥官語氣先抑後揚：「但是這一切，都有一個前提：您得守住馬祖。沒有馬祖，我就沒有選區，也就沒有您需要的這一席『破口』了。您也看到陳新泰了，失去地盤的立委，現在誰也不把他放在眼裡，就算開十個記者會，也沒什麼人想報導。」

蘇敬雅扶著自己的額頭，沉吟了許久。幾度似乎想開口，卻又把話吞回去。

對不起，我們懦弱太久了。

對不起，我們棄守太久了。

對不起，我們無知太久了。

這幾句話，跟當眾收起的另一稿一樣，其實也是幕僚寫的講稿。他心底是有幾分那樣的意思，但一開始並沒有稿子所寫的那麼堅決。然而，稿子還沒講完，場子就被砸了，讓他好一陣子都沒有——也許是下意識地拒絕——想起，自己已經親口說出的那些話。直到曹祥官萬分認真地引述了幾句，他才重又想到，自己似乎早就承諾了某些事。雖然他身邊的人，大概沒有一個人是在意這些承諾的，但至少眼前有一個人，是真心實意把話給聽進去了。「永誌初衷」呀，待在這寓所裡，實在不算是祝福，更像一道咒語。然而，念頭多盤桓幾次，竟然越來越像他本來就有那些思想，越來越長出不可動搖的根系。可是，這種感覺是真實的嗎？這真的是他必須回應的責任嗎？他不確定。但是，他很確定自己正在一個關口上，他的下一句話，將非常嚴重而不可挽回地，決定這個國家未來的樣子。不管是好是壞。

「只顧著說話，早餐都冷了。您請用，一邊慢慢聽我說。」蘇敬雅終於開口，喉頭有些乾澀：「我聽過一個非常奇怪的方案。沒有百分之百的把握，但可以試試看。」

9

要在什麼時候，完成以欽的遺願呢？

其實什麼時候都是可以的，畢竟他們並沒有詳細約定。如果要選個有儀式意義的日期，頭七已經過了，也許應該考慮滿七。那麼，就還有一段時間可以等了。

就在這樣的心情裡，陳文萱與姑姑相安無事地過了好一陣子。起初見面的疙瘩，雖然不能說完全化解，但至少淡去了不少。畢竟也是當過母親的人，姑姑吃飯的時候，三不五時會點一句：你是孕婦，這道菜要多吃一點，對孩子好。看到他愣愣在窗台上吹風，也會皺眉上前，把窗戶關小一些。

偶爾他會有點掛念：那個和他一起乘船逃出金門的小男孩，應該跟母親一起平安抵達宜蘭了吧？

宜蘭應該沒有那麼多轟炸。更不會像現下的馬祖，隨便往哪個方向望去，都有好幾艘船在窺視。

姑姑有次談起了坐月子的食物。

他說，以欽很小就沒了媽媽。不知怎麼的，有段時間，他很羨慕別人有弟弟、妹妹。或許是一種迂迴的投射吧，如果自己有弟妹，那就意味著媽媽活到了能產下弟妹的年歲。後來，有相熟的鄰居媳婦生產，家人恰巧有事回桃園，就把媳婦託給姑姑坐月子。說到這裡，他問陳文萱，你知道蛋包嗎？

我知道，以欽帶我去過泉州街上的福州麵店。清湯、蔥花，再打上一顆吞雲吐霧的蛋。

吞雲吐霧？這什麼形容啊。

他喜歡這麼說，我就記得了。

那是鹹的。吃過甜的嗎？

甜的？

那是坐月子的點心。用紅糖、薑汁熬一碗湯，打入幾顆蛋，蛋黃將熟未熟之際，便可以端給產婦了。以欽每天都自告奮勇送點心，姑姑過了幾天才起疑：這小鬼什麼時候這麼勤快了？一問人家媳婦才知道，煮給產婦的三顆蛋包，總有一顆會被以欽討去。姑姑又好氣又好笑，此後每頓都要多煮幾顆，讓以欽也陪著坐了一輪月子。

「聽起來就很好吃，真想吃吃看。」

陳文萱笑說。姑姑撇了撇嘴，一臉「這有何難」的神色。

在電視和網路訊號時有時無，馬祖的氣氛安靜但詭譎的日子裡，和姑姑的話題總是這些吃的、用的、小小的回憶，好像戰爭跟轟炸都在遠方，咫尺對岸的一切都是幻象。對此，陳文萱常有一種微小但不忍戳破的迷幻感。姑姑從來不談政治，如果陳文萱是個普通的觀光客，住進了「慢海」民宿，恐怕怎樣也不可能想到，老闆的哥哥就是馬祖幾十年的老立委。

也因為這樣，陳文萱甚至不太好意思在他面前看新聞，生怕打擾什麼一般，一見他就按熄手機的音量。

然而，來自台灣的消息越來越讓人看不懂了。制定新憲的消息占據最大版面，執政黨自然全力支持，在野黨雖然不敢明白反對，但始終顧左右而言他，兩造僵持不下。直到最近幾日，媒體忽然引述了國防部官員的說法，指出平潭島一帶有解放軍集結，很可能繼金門之後，再次出兵奪占馬祖。對於住在馬祖的人來說，這不算新聞，特別的是這件事「終於上了新聞」。然後再過一日，新聞發酵吵開之後，蘇敬雅總統忽然宣布：國軍將增援馬祖，不再重蹈痛失金門的覆轍。

——這是真的嗎？

看到這則新聞的時候，陳文萱簡直不敢置信。

這麼說，曹祥官爭取成功了？

島上的居民半信半疑。不過，想走的早都陸續搭上了撤離的班機，不管國軍增援與否，還在島上的這群人，大概都不會離開了。很快的，幾艘大船抵達白沙港的消息傳遍了北竿，北竿機場也有好幾個梯次的運輸機起起落落；但令人困惑的是，島上活動的軍人，卻沒有明顯的增加。繞著全島跑的軍車還是那幾輛，塘岐街上的麵店與7－11，也沒有多出任何新面孔。

——增援到底是不是真的？

陳文萱感到一種終局將近的焦灼感。

如果馬祖也被占領，他大概是真的離不開了。

人在金門的父母，不知道會如何怨嘆自己的女兒呢？

……這樣有用嗎？我們打不贏的。

我沒說能贏啊。但是，也許可以把九成降到八成，八成降到七成。

彷彿是很久很久以前的事了，曾經有過這樣的對話。

他一個人在這裡，無論是肉身還是心念，顯然是改變不了什麼的。但重點是他選擇在這裡，要在這裡等待，那不確定是什麼的終局。

至少，也可以讓姑姑不要一個人面對。

接下來的每一天，都有船艦和飛機入港。但它們只待幾個小時就走，好像是有卸下些什麼，但從來沒有人具體看到過。

島上耳語四起：只是做做樣子啦，就跟以前一樣。那些台灣人嚇都嚇死了，哪裡敢真的來救。

「同島一命，死裡求生」的標語，仍然醒目地掛在路口。

直到某一天。這一天從早到晚，一艘船、一架飛機都沒有駛入北竿。預知了什麼一般，港口懸起了島際交通船暫停行駛的告示。平時總是在塘岐那家7－11裡面，吹著冷氣閒嗑牙的幾位老伯，竟然通通都沒有現身。

入夜了，姑姑簡單烘了幾顆光餅，配著桌上兩三樣肉菜。

姑姑表情淡然，看不出有什麼緊張。倒是陳文萱吃得小心翼翼，連餅上的芝麻都不敢驚動。他有一股衝動想告訴姑姑：真正的槍砲，真正有子彈兜頭罩過來的時候，是比演習還要可怕很多的。小男孩就這樣失去了父親。父親的襯衫沾滿了暗紅色的血，混合著幾分鐘前，因為暈船而嘔吐的汙跡。一點也沒有高貴的成分，槍彈帶來的不僅是死亡，也是貶低。

你也不過就這樣子的一條命。

空襲警報猝然響起。

回到永和租屋處的那幾天，陳文萱已經養成習慣，一聽到蜂鳴器的聲響，就立刻往公寓地下室衝。反而在馬祖的這一段日子，直到今日才有第一次空襲警報，以致於他瞬間有些恍惚。但他很快警醒過來，手機一抓，推開桌椅起身，邁步就要向門外跑。

——等等，跑到哪裡？「慢海」民宿並沒有地下室。

「防空避難……？」他急急開口。

話還沒問完，就見姑姑敏捷地起身，順手抄起了空椅上的小手袋，迅速望大門奔去。陳文萱追著姑姑的花布裙角，衝上略陡的小坡，一個拐角，忽然就鑽到了兩戶人家之間的窄巷。一穿過去，原來它們背靠一座小山壁，而在壁腳之處，開著一座石砌的拱門，剛好足夠一人稍微彎身進去。拱門橫眉上雕著中華民國國徽與美國國旗，寫著「中美合作」字樣；左右對聯寫的則是直截的八個字：「反共抗俄，殺朱拔毛」。

圖樣與字跡都非常陳舊，似乎只剩下讓遊人參觀拍照的用途。

然而姑姑毫不猶豫，彎身竄進去。

金門也有防空洞，但形制不太一樣。

像陳文萱這個年紀的人，只有在校外教學的時候，才有機會在防空洞裡面待久一些。

他們不是最早到的。防空洞裡，已有四、五個與姑姑年紀差不多的鄰居。他們每個人都帶著手電筒，搖晃著光源向彼此打招呼。姑姑揀了一個角落坐下來，也從手袋裡掏出手電筒。

這時候陳文萱才發現，唯一什麼都沒有準備的，只有自己。他有些赧然，隨著姑姑的介紹，與每位長輩問好。

「是祥官的媳婦啊！不錯，不錯。」

他們這樣說。陳文萱不知道「不錯」是什麼意思，只能傻笑以對。

不過，就像以欽說的。他們說的是「祥官的媳婦」，不是「以欽的太太」。

接著，姑姑遞給他一件薄外套。

「可能要等很久，別著涼了。」

真不知道那小小的手袋，怎麼能裝進這麼多東西。

姑姑說的沒錯。這跟台北的空襲完全不一樣。台北的空襲大多都是飛彈，警報一出，十萬火急，但往往一兩波就解除了。然而馬祖這一晚，卻足足轟炸了六、七個小時。飛彈轟炸是零星的爆破與火光，落在馬祖各島上的，卻是更密集更鈍重的打擊。土地猶如鐵砧，空中不斷落下巨人的重鎚，一陣，一陣，一陣……讓人懷疑，是否真有一塊土地，能夠禁得起這樣的重擊？這當然不是飛彈，那種高科技的武器，與現在這種能把時間搖回洪荒年代的砲擊比起來，簡直細如春雨。那是只有在馬祖這般，近得能夠看到國界另一邊的城市與車煙的島嶼，才有可能遭逢的命運。

小時候，陳文萱見識過不少次重砲射擊的演習。

姑姑和鄰居們想必也是。

但這不是演習，而是一整夜的捶打。

更接近爺爺奶奶口中的八二三砲戰。

砲彈在遠方落地的時候，防空洞頂部受震，紛紛落下灰塵。一開始甚至有成片的、羽狀的，後來就只剩下細細的粉末。它們輕柔地披在每個人頭上，像是在提醒大家：你看，你還能有感覺。這麼細微的感覺。

一位鄰居站起身，一柱光隨他走向防空洞深處的某個角落。不久，他走回來，笑容爬在因皺紋而崎嶇的臉上，右手拎高了一個水桶。

「沒想到水井還能用。」

所有人發出一聲歡喜的驚呼，只有陳文萱慢了幾拍。大家靠成一團，輪流伸手取掬水擦臉。抹掉身上的灰塵之後，又是一陣砲聲，但無論如何，身心都已經比剛剛清爽了許多。

姑姑從手袋裡取出毛巾，喃喃說，還好不是夏天唷。

時間就這樣外張內弛地流過去，陳文萱已經數不過是第幾波砲擊了。他沒事就點亮手機，即使知道根本不會有訊號，還是無法制止自己成癮般的動作。漸漸的，本來電池就不算充盈的手機，成了一塊什麼反應都沒有的扁金屬板。

——外面究竟被炸成什麼樣子了呢？

——會不會一走出去，整座島就像被重捏過的陶土一樣，變成了另一種形狀？

如果「慢海」民宿中彈……是不是根本應該把以欽的骨灰罈抱出來的？

不。如果罈子被砲彈炸碎，也是一種完成以欽遺願的方式吧。

也許此刻的風裡，以欽已經無所不在。

「這麼認真的轟炸，老共很快就要登陸了吧。」

防空洞的另一角落裡，一位阿姨的聲音響起。每個人顯然都聽見了，但沒有人接話。而阿姨也沒有多解釋的意思，只是平靜地說完這句話，就像是完成了一件理所當然的小事那樣。就是這樣。沒有然後，也沒有多餘的興奮或哀愁。

10

如同一場漫長的夢，防空警報的終結音響也毫無預兆，忽然就把人們從洞窟裡呼喚出來。

明天的太陽還隱藏在薄薄的夜幕之後。就快靠近了，但還沒發生。

此時的台北與馬祖仍在同一個時區裡。

有一些立法委員正在掙扎，要用什麼說詞來圓過自己的轉向。

曹祥官這一天已經見了許多老朋友，正在遲疑要不要再帶上幾瓶好酒，去向自己敬如兄長的陳新泰請罪。

蘇敬雅撐著不睡，等待國防部回報消息。同時，他也思量著黃祕書那句令人不舒服的話：「如果您早點去金門，也許事情還有得救。」

他就是因為黃祕書對外恭和、對內直言的個性才用這個人的。然而，他還是不確定：如果現在再去馬祖一趟，事情還來得及嗎？

總統親赴前線，會是一次重注。

曹祥官在同一時刻，寄出了一封電子郵件。他決定要把沒對兒子提議過的事，正式地向兒媳婦提起。

他們年輕人或許會覺得這是一種封建殘餘，什麼年代了還在搞家族世襲。

可是啊，在這樣的土地上，將自己的事業與意志，傳給一位來自金門的青年女性，也不是完全沒有意義的吧？當然，這些島嶼現在還不認識陳文萱。但只要撐過這一關，下一關，每一關，總會有時間熟識彼此的。他會親自走過每一條街巷，向他親愛的鄰人介紹：這是我媳婦陳文萱，請給他指教。他來服務，就跟我來服務是一樣的。就跟以欽來服務是一樣的。

實際上他們彼此都知道是不會一樣的。

但話這麼說了，就會有憑依，讓人們相信，接下來的變化不是憑空而來。

這是時間緩慢的島嶼，悄悄改變自己的方法。

蘇敬雅則在他的書房裡，輕輕打起了盹。一開始還不太安穩，時時被自己頓下的姿態驚醒。後來終於不支，把手機握在胸前，整個人沉入沙發裡。

總統夫人在幾公尺外的鄰房，早已入睡，因此不會發現，蘇敬雅被自己的夢境攪擾得凌亂不安的表情。

他夢到自己站在水邊，巨大的、不見邊際的水邊。如果說是湖，似乎有點太寬闊了；但要說是海，又沒有什麼波浪。忽然，十幾公尺外的水面，現出了一點波紋。波紋徐徐靠近，沿途捲起了一些皺褶，就像有人在一片平坦的絲綢布底下爬行。蘇敬雅不知道為什麼，有種想要逃跑或尖叫的渴望——他已經很久、很久沒有這樣怕過什麼人什麼事了。權力使他勇敢，他相信自己就算親臨前線，也能冷靜地說好一場演講。然而，水底下有什麼他不想看見的東西，正在逼近。那是什麼？魚群嗎？波紋迤邐成路，直直指向水邊的蘇敬雅。就算要逃跑也來不及了。就算尖叫出來也不會有人聽到。這裡只有他，只有水，只有每一秒堅定迫近的不知所謂的東西。

——那是一具浮屍。

一具背部朝上，四肢僵硬垂向水底的浮屍。他的身形已經非常浮腫，就算翻過面來，蘇敬雅恐怕也認不出是誰了。但在夢裡的蘇敬雅，毫不懷疑自己該做什麼。他三兩步踩水上前，抱住浮屍的左臂，努力將他拖拽上岸。一拖之下，他才發現屍身的左肘已全然碎裂，胳膊能向外彎折到一種非人的角度。再拉幾步，等到右臂也脫出水面後，他再次因為那可怕的折線抽了一口氣。

終於，他把整具屍首都救回岸上了。蘇敬雅渾身濕透，筋疲力竭。各種鹹淡不清的水痕，毀了他始終嚴整的妝髮。

他跌坐在屍體旁，在空無一物的水邊左右張望。

這是一名死者。至少，至少，要好好祭拜他。

就算是在戰爭期間，一名死者也應該要有三炷清香，一爐銀紙。

就算是在戰爭期間……。

蘇敬雅在這一瞬間，被自己胸口的手機給震醒。他匆忙接起電話，還來不及擦去從夢中攜帶出來的，眼角些微的水痕，就聽到參謀總長的聲音——。

而那是陳文萱用自己的肉眼看見的。

橋仔村位於北竿最北端。因此，當他們從防空洞裡爬出來，稍微往高處移動時，北、西、東三面都能看得見海。橋仔本身幾乎沒有受到轟炸，但隱隱然能聽到塘岐、白沙兩個方向，有消防車和救護車雜沓馳援的聲音。不過，讓陳文萱呆立原地的，並不是陸地上發生的事。

是海。

海面布滿了光點。

那是一艘一艘的船，比平常鬆弛地包圍、監視金馬的漁船，密度更增數倍。

往西部和南部看，這些光點更一路往平潭方向綿延過去。其中有些光點，比另一些更粗大、搶眼，自對岸急馳而來。

——老共很快就要登陸了吧。

防空洞裡，阿姨的話音好像還沒散去。

「很快」是多久？天亮之後？第二天晚上？

或者，就是現在。

現在，就算讓陳文萱再搭上一艘有隱密船艙的漁船，也是不可能離開北竿的。

而北竿的守軍非常安靜，沒有發出任何聲音。就像幾個星期前，幾乎沒有開槍就撤守的金門守軍一樣。

陳文萱才掃視海面幾秒，就感到強烈的暈眩。

或許他剛剛不該躲進防空洞。他應該跑去機場，去最寬闊的飛機跑道中央，迎接必然集中落下的砲火。

但空襲警報已經結束——空襲警報甚至有秩序地結束了，讓人誤以為一切還在掌控之中。

巨人已經收起了它們的重鎚，正伸出它們無可抵禦的手腳，準備攀上零落的小小島群。

陳文萱不知道自己該做什麼。繼續看著一切發生，還是躲回「慢海」，緊緊把以欽抱在懷裡。

讀書寫字，終究是拯救不了什麼的吧。

姑姑靠近他，兩人的手緊握起來，感覺對方也是冰涼的。

一陣猛烈的風，倏地捲起來。說不清楚是從什麼方向來的，因為每一秒都在變幻方位和力道。唯一可以感受到的趨勢，就是人人都被颳得腳步虛無，強欲離地。

風就像是從島嶼的核心噴湧而出——。

正當陳文萱有這樣的念頭時，他聽見了蜂群的聲音。

他曾經在金門赴台的船上聽見的。

不，這次不一樣。遠遠不一樣。

這次蠅蠅作響的氣切聲，不是破風而來。簡直就是強風本身。

就在此時，日出前的薄光終於穿越太平洋，穿越橫躺在島群後方的台灣，穿越整個台灣海峽，一口氣染亮了整個閩江口。

海面上敵船密布。不過，大部分並沒有移動。只有幾艘體積較大的運輸艦，從平潭方向一路推來。這些運輸艦的上空，也巡航著不同型號的直升機。

但陳文萱的心思，此刻全都在那細碎、卻還是快要使人耳聾的蠅蠅風聲之上。牠們隨著島嶼上空的風勢，在一個範圍內擺盪。彷彿空氣也是一座隱形的海洋，牠們只是在其中游動，既不浮出水面，也不打算沉落水底。不知道那麼細小的機體與旋翼，是如何與那樣暴烈的強風和平共處的。

姑姑的手倏然握緊，在陳文萱幾乎要尖叫出來的那一瞬間——。

千百架的小型無人機，像是同時看見了不存在的軍旗揮下一般，以鷹隼的姿態，向著海面上的船隻衝擊而去。陳文萱沒有看到牠們何時、從何起飛，直到牠們發起了第一波俯衝攻擊的時候，才真切理解到，原來在自己的頭上，竟然懸停著比他以為的更多、密度遠勝繁星的無人機。無人機似乎各有使命，有的朝向直升機飛去，在碩大的旋翼旁近炸，即使沒能直接炸毀機體，飛散的破片已足夠將直升機攪下海去。更多的，則正對那些破浪而來的運輸艦。艦艇上的敵軍開啟了防空系統，銳利的快砲如同劍舞，將迫近到劍圍內的無人機通通絞碎。然而，快砲的火力雖然剛猛，卻也有停頓和角度不及之處。幾波衝擊後，逐漸有漏網的無人機砸落在船體上，引發沉悶的爆炸。大船像頑強的拳擊手，承受一次次重拳。初時還只是略有震盪，連續幾波之後，漸漸站不住腳，整艘船身開始傾斜……。

然後，是一次超乎尋常的爆破。那顯然不是個頭嬌小的無人機所能造成的，想必是撞到了什麼足以殉爆的地方。從陳文萱的角度看下去，幾乎能目視大船炸開所造成的震波，向著四面八方的海面傳開。靠得最近的幾艘小船，很快被震得東倒西歪，甚至開始掉頭，離開了原有的站位。

陳文萱想起小男孩破涕而出的聲音。

好多鳥。

好多、好多鳥，從島嶼起飛，以某種神話般的意志，迎向強烈的海風。

槍彈的聲音。金屬被撕裂的聲音。人的呼叫，以及呼叫的中斷。

海面上有了好幾朵火焰，從火焰當中，人體像是豆粒那樣被篩落下來。

死亡毫無高貴的成分，陳文萱顫抖著想，毫無高貴的成分。他必須很用力地咬緊牙根，才能制止自己——制止什麼呢？制止自己放聲大哭，還是放聲大笑？

又一波無人機開始了它們的俯衝。

再一波……。

回過神來的時候，陳文萱已經坐在「慢海」的餐桌前，周身冰冷。姑姑斟了一碗熱湯，推到他面前，要他立刻喝下去。

「你剛才脫力了。快，暖暖身子。」

他低頭，看到湯裡浮著幾粒形似餛飩，但滿溢著肉香的東西。他瞪著它們好半天，才終於遲緩地想起來：自己是認識它們的。自己是吃過的，而且不只一次。啊，想起來了，想起來了。抬起頭，姑姑一臉擔憂，似乎一點也不為剛才發生的壯烈勝利而高興。姑姑所在乎的，似乎只有眼前的這碗湯，以及他那虛弱的媳婦。

它叫作燕丸。以欽說過，再更講究一點的，會叫作「太平燕」。

他被這念頭一激，「哇」地一聲，猛然哭了出來。

11

在那之後的新聞，全世界媒體將以驚嘆的語氣，報導「馬祖海戰」的過程。綜合各方報導，那天國軍動用超過三千架各式無人機、無人艇，在幾乎沒有人員傷亡的情況下，擊潰了中國的登陸船團。由於攻占金門的過程異常順利，解放軍的馬祖攻勢計畫頗為輕敵。在一夜的轟炸之後，解放軍認為馬祖守軍已無抵抗能力，便從容向島上進軍。不料，國軍此前大量「增援」的，並不是士兵，而是不需要吃飯喝水，只攜帶一次性彈藥的無人機。如此，就能大大減輕後勤壓力，又能迅速擴充反擊火力。

而這個方案最困難的部分，是必須同時遙控大量無人機，多批次、多目標的協同打擊。光是不讓這幾千架無人機相撞，便已是一大難題，更別說辨識目標再予以攻擊。就算是配備等量的無人機飛手，也是不可能做到的，更何況馬祖的兵力稀疏已久，根本沒有那麼多人力。

因此，坊間盛傳，國軍早已建置了一套ＡＩ接戰控制系統。沒想到第一次實戰驗證，就是在馬祖海戰……。

不過，那都是幾天之後，才會拼湊出來的消息了。

在那個當下，參謀總長打給蘇敬雅的電話，只有簡單一句話：

「老共被打退了。」

完整的戰果簡報，第二天才會送到總統的辦公桌上。

國防部評估，解放軍還需要整備一週以上，才能重新集結進攻馬祖的兵力；運輸艦的重新整編更是耗時。所以，接下來會有一段空窗期，可以趁隙補充馬祖的無人攻擊系統庫存。同一時間，國防部也建議，也許能用類似的手法攻擊金門、廈門停泊的敵船……。

馬祖沒有淪陷。至少今天沒有。

明天呢？沒有人知道。

就像過去幾十年一樣，這幾座岩石鑄成的島嶼，不斷頂著來自北方大陸的強風。

幾天以來，陳文萱慢慢想清楚。

沒有一勞永逸的辦法，沒有任何堅固的終局可以期待。海峽的一邊繼續為了新憲法吵吵鬧鬧，另一邊則繼續他們從來不曾稍減的圖謀。然而島嶼過去能在這裡，未來就總有繼續下去的辦法。只是，也許要很努力、很努力，才能在新的風勢裡站穩腳跟。

現在，他卸下了「群島青年聯盟」祕書長的身分。他的新頭銜，是曹祥官立委連江縣服務處主任。

他不確定以欽會不會喜歡這個決定，但這是他想過之後，最能完成以欽遺願的方式了。

在接下來幾年，他會騎著機車，巡過四鄉五島的每一段陡坡，和每一位居民攀談，感受他們眼色的冷暖變化。等到孩子出生，他會抱著、牽著孩子反覆走過每條島徑，讓他也長成一個習慣被強風喚醒的馬祖人。

也許這一切都不會發生。也許下個星期，就會有新一陣砲火兜頭罩下。沒有一種絕對能守住某塊領土的方法。但是，可以有一種陪伴的決心，陪伴一塊土地到時間的盡頭為止。

然後，每多活過的一天，就會多知道一些島上的事情。溫暖的也好，蠻橫的也罷，長輩的關愛和封建，都來吧。

這些，我會通通收藏起來，儲存成禮物。

直到與以欽見面這一天，再一一說給他聽。那是他沒能活到的馬祖。

現在，就讓活著的人做自己還來得及做的事吧。

陳文萱站在芹壁，面向鏡澳乾淨如新的海。誰也看不出來，這裡前一陣子有數十艘被擊沉的大小船艦。

他揭開花布，拔開罈塞。

罈內的粉末灰白如沙，間或有幾塊蜂巢似的碎塊。他只要把手指撈穿過去，並不費什麼勁，風就會把以欽帶走。

如此，一個下午就過去了。

了卻了一樁大事之後，陳文萱才深吸一口氣，拿起手機，準備潛入群島紛亂混濁的空氣裡。政治這一行，他從來就不是特別喜歡——這麼說也不會有人相信吧。但這是真的。沒有人會真心喜歡混濁本身，除非，他執著地認定了，在那影影綽綽的汙暗背後，確實還有一些值得為之磨耗一生的東西。甚至連他自己都不知道那是什麼，他只知道那裡應該要有些什麼。

老朋友黃肇森和新上司曹祥官都傳了訊息過來，要先打開哪一個呢？

就從這個小問題開始吧。

（全文完）

外一篇

水牛的影跡

我向安檢人員出示記者證。荷槍實彈的安檢人員仔細審視證件照和我的臉，神情彷彿是在檢視一幅畫作的真偽。我的背包也被另一人徹底翻查。

停火協議簽訂剛滿一年，全台灣似乎還沒找回和平時代的臉孔，各個角落仍有著慣性的緊繃。戰爭動員期間大量流入民間的槍械彈藥，也確實使治安一直壞於戰前的水準。更何況，今天的這個場合，是總統要親臨揭幕儀式的，戒備自然格外森嚴。然而，讓我輕微緊張的，卻不是這份警戒氛圍，而是我極有可能，會在稍晚的儀式裡，見到我一直不想見的人。

即便如此，我還是來了。身為藝文記者，是不可能錯過今天這場活動，及活動後的聯訪機會的。

今天，是「台北公會堂」重新開幕的日子。

說起來，這個地點彷彿有某種魔力，總是迷魅著一、兩百年來的每一個政權。誰主掌了台灣，就要在這個地點設立屬於自己的紀念物。清朝人在此地建立了「布政使司衙門」，日本人則在總督府建成之前，以此為殖民全島的總部。等到總督府落成，此地則被改建為「台北公會堂」，供市民集會、演出。一九四五年，日本人離開，國民黨人來了，兩政權交接的「受降典禮」就在此舉辦，隨後便冠上了黨國風味濃厚的「中山堂」之名，一路延續到戰前。每一任政權，好像都得對這座建築動點手腳、改換牌匾名稱，才算是證明了自己的統治力。它彷彿是隱形王冠上，最後要被安上的一顆寶石。

如今，中國的侵略暫歇，「台灣民國」已修憲成立，當然也沒有免俗。台北市政府召開的專家會議決定，考慮到民主精神，紀念特定偉人的「中山堂」已不合時宜，以新的英雄冠名也不符時代精神，於是決定恢復「台北公會堂」之名，象徵這間場館將還諸公民使用。然而，熟悉文史脈絡的人也心知肚明，執政黨本來就比較親近日治時期的符號，以之取代與台灣關聯不大的孫中山，在當今局面下是水到渠成之事。總不能新國家都建立了，還在迷戀舊國家的國父吧？

不過，吸引各路藝文人士前來觀禮的，卻不是這麼曲曲折折的政治考量。最惹人注目的，是那面毀於戰爭期間的雕塑名作《水牛群像》，已完整復原，將於今日同步展出——。

一番折騰之後，我才擠進記者席。同業七嘴八舌，但無論是攝影機還是眼角餘光，都貫注在那三道階梯交會的牆面上。黃土水的《水牛群像》，在過去一百多年來，就是鑲嵌在那面牆上的。今日總統的揭幕儀式，也是以揭開牆上布幔，讓這幅長五點五公尺、寬二點五公尺的鉅作再見天日為重頭戲。即便我自小就常來此地看表演，每次必定和大人順道「看牛」；即便我已無數次在藝術史資料裡，讀過關於這幅作品的一切。但想到它在所有人都以為完全毀壞之後，竟能在短短一年內重見天日，還是難免有些悸動。

不久後，蘇敬雅總統在隨扈的簇擁下走了進來。他穿過記者席旁的走道，一步步踏上台階。當年，設計台北公會堂的建築師井手薰，就是刻意將《水牛群像》設在這處「上樓梯必然仰視」的位置，以表示對黃土水的尊崇。總統和他的幕僚顯然也知道這份心意，踏上台階的步履比平常慢得多，讓攝影師能完整捕捉他虔誠仰首的畫面。隨後，總統在布幔下方站定，隨扈往左右樓梯散開，既占據了制高點，也不至於破壞揭幕瞬間的構圖。

「上一次我站在這裡的時候，正是我國遭遇生死存亡之際。那時候，我對著全國人民，也對著《水牛群像》承諾：我們要全力守護的，就是這樣一片寧靜、悠然的土地。我們力圖恢復的，就是牧童可以毫無戒心，與水牛漫步在田野間的生活。不幸的是，我們的敵人破壞了這一切——他們不只轟炸軍事設施、水力和電力系統，他們甚至也轟炸了今日我們所在的公會堂，使水牛和牧童在瓦礫之下蒙塵。這意味著，他們不只要消滅我們的軍隊、破壞我們的生活，他們甚至也與人類的藝術、文化和創造力為敵。然而，我們終究挺過來了，在全國人民堅韌的努力之下，我們向全世界展現了自己的意志。而今天，我們也將告訴全世界，我們的意志不但承繼歷史，也將延續到永久的未來──。」

總統話音一落，鄭重地向身後一揚手，遮蓋在牆面上的布幔便緩緩向上揭開。全場上百台攝影機全都忙碌了起來，那著名的、渾厚而肥潤的牛軀浮雕漸次展露。同一時間，一旁的工作人員也開始引導其他官員上台，文化部長、台北市長一直到台北公會堂新任的執行長，都圍聚在總統身邊，一同仰望這幅萬眾期待的名作。而我基於職責，開始點算出席人士名單，並且觀察他們的站位次序，好從中挖掘後續報導的材料。正因如此，我無可迴避地，看見了台北市立美術館的館長，就站在台北市長和台北市文化局長之間。他看著雕塑的表情，明顯比身旁的官員們更加痴迷、也更加驕傲。如果說，總統以下的官員是從理智上知道此事的意涵，那館長的表情，就是一個為此投注了生命與信仰的人，此刻衷心感受到宗教式的完滿。

我咬著牙，努力不洩漏出心底翻湧的痛楚。今天我的身分是藝文記者，我所能做的，只是問他一個問題，而且只能是在這個場合該問的問題。但是，我也同時清楚，不管我問了什麼，他聽到的都將是字面以外的控訴與糾葛。

在接下來半個多小時的記者聯訪時段，我只問了一個看起來毫無水準，近乎二流八卦媒體刻意挖瘡疤的問題。在主持人點到我的時候，我刻意不看向館長，眼神直視總統，朗聲問道：

「對於外界盛傳，這幅《水牛群像》並不是真跡，而是台北市立美術館偷梁換柱的贗品，您有什麼看法？」

話說完，我靜靜落座。不用轉頭過去，我也知道館長會有怎樣的負傷的眼神。畢竟，他是我戰爭爆發近兩年來，都未曾再講過一句話的父親。

+

二〇三七年初，我突然接到公司的指派，要到紐約訪問一批旅居當地的台籍藝術家。我雖然是藝文記者，但我所任職的並不是什麼大報社，上上下下不到十名員工，是非常迷你的網路媒體。照理來說，我們幾乎不可能有機會執行這種規模的專題報導。現在不只要做，還指定我主訪，讓我一方面受寵若驚，一方面狐疑不已。等我知道這個案子，是承包自北美館的一個標案時，心裡更是頗有不妙的預感了。

不只公司內部，整個業界的人，都不知道我的父親就是孫向雲館長。這是我們父子長年以來的默契，我不想靠他庇蔭，他也對我做這種與藝術看似有關又沒那麼有關的工作，始終不置可否。我們的關係頗為尋常，就像台北市隨處可見的白領家庭——我從學校畢業之後就在外租房，換了幾個可以過活也還算喜歡的工作，偶爾回家聚餐閒談，稱得上是家庭和樂。隨著年紀增長，父親的身體漸漸有恙，開始服用血壓藥，我更是時常配合母親有意無意的細碎理由，每週都返家兩三次。但一踏入各自的辦公室，我們就與彼此毫無瓜葛，我不去申請與北美館有關的所有工作，他也不會問我最近寫的那幾篇評論，是不是對他們的駐館藝術家有什麼意見。

「館方窗口說，他們讀過你的報導，對你很有信心。」採訪組的前輩拍拍我的肩膀：「今年的年終就看你啦，好好幹！」

——窗口看過我的報導？

這不奇怪，我們的網站流量雖然不大，在業界也算是小有名氣的。也許，只是基層館員自己找上門來的巧合。館長總不會事必躬親，每件案子都插手吧。

二月中出發前夕，我回家一趟，與父母吃了一次館子。我假作不經意，提到公司去接了北美館的標案。父親眉毛一挑：「喔？」眼神有促狹意味，簡直就是在調侃：躲得了初一，躲不了十五，冤家還是碰頭了吧。他的反應讓我寬心了不少，看來他真是沒有介入，那我也就不必芥蒂了。於是，我隨口提了幾位預計在美國採訪的藝術家。他知道我只是提出來作為談資，沒有要借他的人脈約訪的意思，也就沒有多說。直到我提起一位姓廖的雕刻家，父親才露出了沉吟的表情。他問我熟不熟悉這位廖德殷的作品與來歷，我側頭一想，只依稀記得，這位似乎是書香門第，祖上出過名作家的樣子。

父親點點頭，又搖搖頭，讓人看不明白究竟是什麼意思。隨後，他才補了一句：

「不只，他還跟黃土水有點親戚關係。」

「這次去，幫我和他打聲招呼吧。」

我皺眉。這樣豈不是要暴露身分，在廖先生面前報出父子關係了？

但我沒有明確拒絕。畢竟，我們在業界互不相認也只是默契，從來沒有在明面上說破。要是一說破，傷了父親的自尊，那也不是我願意看到的。因此，我只是舉杯喝茶，再配幾口菜含糊帶過去了。

幾天後，我整裝出國。那一陣子，我忙到沒有時間再回家，都在把資料和筆記電子化，盡可能為這一系列其實有點超乎我能力的採訪做準備。忙亂之餘，我也幾度自我懷疑：真的該接下這份工作嗎？是否該請前輩支援，或者乾脆就讓他上陣就好？不過，我性子裡還是有幾根不服輸的骨頭，最終仍咬牙撐下來了。二月下旬，飛機抵達紐約，我開始了一系列訪問，不只是訪問藝術家本人，也順藤摸瓜地訪問周邊的經紀人、編輯甚或是親友。幾乎沒有調時差的餘裕，我全力投入工作。每天都像是出窩捕獵的動物，在日落時帶著大量尚欠整理的影音檔案回到飯店，忙到不知世事，當然更無暇注意太平洋另一端的台灣，有哪些新聞事件正吵得沸沸揚揚。

戰爭就這樣忽然爆發。

+

轟炸開始的那天，我已經約了廖德殷先生訪談。在收到公司明確指示之前，我仍打算照原定計畫進行。廖先生住在典型的城郊社區，小巧完整的房子前面，有著經典美式風格的草坪和車道。我才下計程車，廖先生的家門就倏然打開，他本人迎了出來。長輩如此殷勤，我自然連連打躬堆笑，也快步上前。就在這幾秒內，我在廖先生、廖太太身後，看見了令我當場呆愣住的身影。

「……媽？你怎麼在這裡？」

母親眼眶湧淚，猛然把我抱住。一旁的廖先生語調溫厚，輕拍我們的肩膀：「好了，好了，進來再說吧。」

在母親止住泣聲之前，我就大致明白來龍去脈了。我啟程之後不久，父親突然幫母親買了機票，要他立刻到紐約廖先生家暫住，說他們已經安排好了。一開始父親還支支吾吾，說不出為什麼要求母親緊急出國。最終被逼急了，父親才迂迂迴迴地說：他已經收到來自層峰的指示，由於兩岸氛圍緊張，北美館要開始執行典藏品的戰時保護計畫。不只北美館，整個台北市，只要是市級以下，藏有藝術品的單位，都由他統籌指揮。也就是說，他職責所在，是走不了的；但是，層峰事先放消息給他，也多少有讓他及早安排家人之意。廖德殷先生與父親是多年好友，當然也不會拒絕他的請託，承諾讓我們母子兩人，在此待到戰爭結束為止。

——對，我們母子兩人。

一股憤懣與嫌惡之情，頓時充脹在我的胸口。

所以，我們接到的北美館標案，確實是孫向雲館長直接授意、直接指定我主訪了。

母親不是藝文界人士，他可能不曉得，最精英的藝術圈子，往往與最精英的政商圈子有著千絲萬縷的關係。父親說，他是接到公務指令，所以提早知道開戰的訊息。但我很清楚，這話可能還說得太含蓄了——大概早在北美館收到命令之前，某個觥籌交錯的場合裡，他就已經聽到什麼風聲了吧。接著，就是那突然從天而降的標案，讓我「剛好」能避開戰火，在邊境管制之前出境。我所最厭惡、最極力避免的「父蔭」，終究還是在這關鍵的時刻，無可避免地籠罩到我身上來了。甚至可以說，恰恰就是我們父子之間的關係沒在業界曝光，所以這套撤離計畫可以如此天衣無縫，連避嫌都不需要。

我可以理解父親為何這麼做。換作是我，也會想提早把妻兒送出國。

可是，我性子裡不肯服輸的那幾根骨頭，還是強橫地梗在體內。

也許，我只有馬上收拾行李，直奔機場，才能一解這種「成為操線木偶」的悶氣。然而，母親淚眼在前，一旁又有溫藹張羅入住事宜的廖先生夫婦，作為一個已過三十歲的成年人，實在也無法扯破臉面、一走了之。

這一早上，當然就沒辦法正式訪談了。廖先生說來日方長，不管是他的訪談、還是其他未完的工作，都多得是時間慢慢做。何況，我們本來就是網路媒體，不回台灣也可以完成所有流程的。我向廖先生鄭重致歉與致謝，不只是為了工作安排，也為了父親的「叨擾」。廖先生久居美國，氣質卻仍是老台灣仕紳那一路，話聲篤定但柔和，處處留餘地，但對心裡認定之事，也不會輕易讓步。交談幾句，我就更確定這不是一個能夠輕易辭別的長輩了。

「不知道是阿雲教得好呢，還是你本性就好，」廖德殷先生閒談也似地說：「這幾天，紐約的老朋友提到你，都讚不絕口，說你有sense又懂禮數。你別怪我倚老賣老啊，但我們活到這把歲數，是不太看得起什麼『恃才傲物』那套的。有才華的人到處都是，能走得久的呀，靠的都是這個。」

廖先生舉起茶杯，啜了一口。

我當然也舉茶回敬。

——看來，我們的「父子關係」，在這群長輩的圈子裡，早就不是祕密了吧。

依照父親謹慎的性子，搞不好我這一趟見到的每一個人，都被打過招呼。也就是說，在我努力扮演一名專業的採訪者，試著誘引這些藝術家前輩多講幾句時，他們也正和我一起同場扮演「我不知道你爸是誰」的戲。

我深深嘆了一口氣。

就在此時，電視畫面忽然投出了蘇總統的身影。即便是美國的各大新聞頻道，此時也接上了來自台灣的直播訊號。

蘇總統不若平時的西裝打扮，也沒有像某些紀錄片裡面臨戰的總統那樣，穿上迷彩服和防彈衣。他換上了平時很少亮相的飛行夾克，看來是想要在「穩重」與「戰鬥」兩種風格之間，取得某種平衡。無論中文或英文字幕，都以醒目的字句標示：在經過一夜的空襲之後，蘇總統正式發布制定新憲、抗戰到底的演說。客廳內自然而然靜默下來，只剩下電視裡傳出清晰有力的話聲：

「……我們要全力守護的，就是這樣一片寧靜、悠然的土地。我們力圖恢復的，就是牧童可以毫無戒心，與水牛漫步在田野間的生活。」

蘇總統說出這些話的時候，身體微微向右後方側傾，右手有力地指向他背後那幅著名的浮雕。我能感受到廖德殷先生的氣息微微緊促了起來。我們當然認得蘇總統直播所在的位置，那是我從小就讓父親帶著去看戲的地方。蘇總統所站的位置，就是我們每次必定要去「看牛」的角度。那時候，一直到戰爭結束，這個地方都還叫作「中山堂」。

「竟然選在這個地方……。」

廖德殷先生話只說了一半，就彷彿被什麼梗住了。我望向他，與涕淚縱橫的老人四目相對，眼眶也不禁沉重了起來。是的，真的是開戰了，而且是站在《水牛群像》面前。我可以想像自己用十種不同的藝術理論、國族主義論述，去分析這一瞬間的意義，寫成一篇或尖酸刻薄、或怦然動情的藝術評論。然而，這一刻，我光是動起這個念頭，都有自慚形穢的愧疚感。千萬字句，都比不上一個並不高大的人類，站在這幅令人仰視的浮雕之前，所做出的種種允諾要來得有說服力。

我很難說清楚：究竟是蘇敬雅的演講激發了我心底竟然未曾死滅的，少年為國奉獻的浪漫幻想；還是因為隨後發生的種種事變與慘烈畫面，激起了我無以排遣的仇恨之心。總之，在一年多的戰爭期間，我全心全意渴求的只有一件事——回到台灣，前往徵兵處，加入志願兵團的行列。

開戰後，我從穿越時差而來的前夜新聞裡，聽到了金門淪陷的消息，也看到了那場針對台北市的大規模空襲。共軍從陸海空三方面的平台，對台北發射了大量飛彈，試圖以飽和攻擊癱瘓首都圈的防空網。同一時間，也有不少自殺式無人機在市區內流竄——根據媒體報導，這些無人機航程不遠，應該不是跨海飛過來的，而是潛伏在國內的第五縱隊直接從雙北的隱蔽處放飛。自總統府、市政府以下的行政機關，到各個衛戍部隊的基地，乃至於機場、高鐵和火車站，都被複數的飛彈鎖定。不過，這些重要節點的災情並不慘重，畢竟台北設有大量防空飛彈，所有奔向重要節點的敵襲，都會被著意看管，用更高密度的火力去攔截。因此，雖然空襲警報響了好幾夜，天亮清點戰損時，僅有零星幾座建築物被打穿幾個洞，人員與機能很快就恢復運作。

唯一被炸成廢墟的，是發表開戰演說的中山堂。

不只是看著新聞的我，即使是播報新聞的主播，也難掩困惑。

難道只是因為「演說在此」，這座毫無軍政功能的古蹟，就被列入打擊目標了？

國防部官員隨後坦言，由於該地沒有被列入優先保護的目標，負責指揮的ＡＩ接戰系統，在精準使用彈藥的考量之下，確實放過了幾波打向該處的敵火。ＡＩ當下的判斷是，中山堂的戰略價值極低，並且夜間也沒有市民會聚集在該地，因此將防空系統挪去保護更重要的交通站點和電力設施了。在ＡＩ的排序裡，隔鄰的捷運西門站都比中山堂還重要。

任誰都能理解，這是合理的判斷。不合理的是，共軍竟對此動用破壞力強大的集束彈頭，似乎鐵了心就是要把中山堂炸得片瓦不存。

莫非整個台北市的空襲都是佯攻，都是為了逼迫我們的ＡＩ接戰系統分出主次，好讓他們可以徹底毀掉「蘇總統站過的那個位置」？

——那，《水牛群像》豈不就……？

自「台北公會堂」時代起，就在那面牆上鑲嵌了一百年的浮雕，就此毀於瓦礫堆下。

我半輩子與藝術家、藝術品、藝術史為伍，寫了各種報導、評論與分析。我當然引用過各種理論，闡述藝術與國族意識之間的關係。但是，在我的意識裡，從來沒有一秒想過，實際存在的藝術作品，真會成戰火點燃之後，敵人首要打擊的目標。直到它發生了，我才猛然醒覺：為什麼不呢？攻擊藝術品的效果是那樣的顯著，可以直接殺傷一個民族的精神象徵；而針對藝術品的保護又是那麼薄弱，就算整個台北市有上千枚防空飛彈鎮守，也不可能把《水牛群像》或《釋迦出山》的座標預存在防禦計畫裡。

在這樣的時刻，除了投入志願兵團，再無任何有意義之事了。

尤其是我已經寫、正在寫的這些「藝文報導」。

火線早已逼到眼前，灼燒了我整副身心。

我向公司提出申請，要求提早結束計畫返國。雖然還能做得更豐滿，不過我手上的訪談資料已經不少，要跟北美館結案是綽綽有餘的。

公司的回應非常迅速，近乎零時差：北美館那邊要求你繼續執行。他們認為，目前的內容仍可更加完備，建議加訪如下名單……。

我回信：「目前的內容」？我什麼內容都還沒有交，他們怎麼知道目前的內容夠不夠完備？而且新增的這幾名訪談對象，我完全沒有準備、手頭也無資料，怎麼有辦法臨時執行？

公司這封email就回得沒那麼快了。幾個小時後，他們傳了一批書面資料過來，囑我安心準備，不必擔心經費與期程問題，北美館已承諾全數支應。而我上一封信前半部的疑問，就像對著無人的樹洞發問一樣，一絲回音都沒有得到。

不必查問，我也知道是館長的意思。

但我已沒有耐心再耗下去了。

管他經費由誰支應，北美館總不能管到我自己買的機票吧？我立刻張羅，趁著台灣的空域尚未完全禁航之前，用驚人的價格訂下了下週飛往花蓮的班機。在接下來的幾天裡，我沒有回給公司隻言片語，也沒有向母親和廖先生袒露自己的計畫，只埋首用最快的速度完成了手上的採訪稿。待到登機日，我在廖家的飯桌上壓了兩封信，分別給母親和廖先生，便趁著天未亮搭上了計程車。在登機的前一刻，我用機場網路寄出了所有稿件，以及一封辭呈。

飛機一路爬升，終於漸漸看不到陸地，向著太平洋另一端的海島前進。我腦中交錯縈繞著記憶裡台灣的樣子，以及在新聞畫面裡看到的種種圮壞坍塌，不禁心有顫慄。我甚至難以確定，十幾個小時之後，機艙艙門打開之時，我真能回到那無比遙遠的家鄉嗎？那個家鄉，真的還在原訂的航線上嗎？

但無論如何，我得回去。

公司裡的前輩傳來了氣急敗壞的回信。我擅自終止案子還是其次，讓他焦躁的是我的辭呈。

他在信裡大罵我們這些年輕人不切實際，念藝術的就算去當兵能幹嘛呢？不過是多兩三個砲灰而已。

「我本來以為你比那些菜鳥有腦袋，沒想到你也這麼不會想！」

我也是回台幾天之後才知道，原來公司裡比我更資淺的一名設計和一名記者，也都辭職加入志願兵團了。

我謝謝他的關懷，但我真正要面對的長輩還另有其人。從花蓮長途拉車回台北，沿途比想像中順利——遠方偶有砲擊聲，空中時有戰機呼嘯而過，但沒有戰爭電影裡的槍林彈雨；火車班次幾乎全數誤點，但基本上都還正常行駛。我先回租屋處放行李，接著趁宵禁時間以前，騎機車回到距離三個捷運站的老家。

客廳燈光沒有全開，但從窗外能看見微有光影閃動，顯然父親是在家的。臨到進門，本來十分篤定、甚至可以說是飽含怒意的心情，忽然又動盪了起來。我到底想跟父親說什麼呢？斥責他干涉我的人生？表明我不想利用他的人脈、特權苟活在國外？或者姿態軟一些，表達我理解他的關愛，但正告他這種做法只是適得其反？不管我怎麼說，最終都還是難以避免一切的癥結：我是回來「共赴國難」的，而父親絕對不會同意……。

正在遲疑間，家門開了。父親猶未完全換去上班時的襯衫與西裝褲，臉上也有還沒褪去的疲憊和失望。

「你回來了。」父親先開口：「你媽打過電話了。」

「你什麼時候知道要開戰的？」

——這句話不在我原來的設想裡，此刻卻像是有自己的意志一般，自行從我口中撲出來。

「什麼時候，很重要嗎？」

「對我來說很重要。」

「……。」

「我是你的兒子，不是你的木偶。」

「我沒有這個意思。」

「但你就是這麼做了，」我深吸一口氣：「在我，在我們全部人，人生最重要的一刻，你什麼都沒說，就自作主張。」

父親沉默。看著他無以辯解的表情，我無法不感受到自己的卑鄙，也無法抑止自己的憤懣。我很清楚我的想法沒有錯，我應該全權決定我的人生；但我也知道，在公開場合長袖善舞、進退得宜的孫向雲館長，並不是因為做錯了什麼，才陷入如今的窘境——被一個成就遠遠不如他的年輕人責問。

這一切只因為我們是父子。

在這一陣沉默裡，我有千百句想說的話，卻也挑不出任何一句合宜的、說得出口的。我想到已發生的與未發生的轟炸，已經死去和即將死去的人。新聞報導裡，想從金門偷渡撤出，卻被共軍擊沉的民船……想到我竟然曾經可以選擇置身事外。但我也想到父親的衰老，與他想必在這一陣繁忙中，更難以好好控制的血壓。

「謝謝您費心，但請不要再出手干涉了。再見。」

最終我只這樣說。我沒有踏進家門，在暮色裡轉身跨上機車。當天晚上，我上網送出志願申請，希望能將動員順位提前，盡早被編入國土防衛隊。學生時代學到的所有左派理念藝術關懷，幾乎都與我此刻的作為背道而馳。所有思緒和行動，都被壓縮成極細極窄的一條路徑，唯此無他。不只我，同齡人或加入各式組織，或捐物捐款，一股危險又令人難以自外的狂熱擴散著。

我一次次夢見自己站在那面鑲嵌了《水牛群像》的牆壁前，而後火雨從天降下，將浮雕擊成碎片，隨著爆風襲向身形稚幼的我……。

一週後，我收到了役政署的通知。

公文以百年不變的繁縟文字宣告：我因為體位不合格，不予以分發入伍。

體位不合格？我循著公文上的電話，打給承辦人員。對面的背景音一片喧雜，正忙得心燎火焦。我質問他：憑什麼說我體位不合格？我當兵的時候可是甲種體格，還被分發到砲兵部隊扛砲彈的，那時候合格，怎麼沒隔幾年就不合格了？承辦人員表示他們也不清楚，動員結果都是直接比對役政署的資料庫，電腦跑出來就是不合格。他的語氣和緩，但仍有一股藏不住的不耐。我不想為難對方，於是耐心報出自己服役的年分和單位，希望他可以複查。如果有必要，我也願意再次接受體檢，屆時如果真的體位不合格，老了胖了不中用了，那我也就認了。我如此自嘲，試著讓氣氛再緩和一些。

「我們目前沒有這樣的安排，抱歉。」

承辦人員丟下這句話，趁我還沒反應過來，就把電話掛上了。

幾天後，我收到父親寄來的email。文字內容同樣有著老派的繁縟，情感與意圖夾藏在層層的裝飾後頭。直到最後一段，才終於有罕見的直白字句：

「對不起。但身為一名父親，我不能什麼也不做。」

一股惡寒攫住了我。我知道但從來沒有深想，父親的人脈究竟可以做到什麼地步。從那一刻起，我才清楚意識到，原來我過去以為「靠自己」的生活，實際上從未離開過被圈養的範圍。我所感受到的自由，不過是一名幼童在自家後院玩耍的程度。這座院子，自始至終都是上一輩掙來的、劃定的，所以，他們能安心地讓我在這環境裡「自力更生」。

從那天起，我和孫向雲館長就再無任何聯繫了。

+

毫無疑問，二〇三七年的台海戰爭，是台灣藝術史上又一次重大的浩劫。雖然最終以失去金門的代價，換到了國家的獨立，但這段時間內的破壞，已造成無可回復的損失。位於台中市的國立台灣美術館受創最深。台中是共軍主攻方向，不但一度試圖登陸，來自海上、空中的砲火，更是無日無夜轟炸市中心。國美館同樣接到了即將開戰的消息，事先將藏品轉移到更堅固的庫房內。然而在共軍火力瘋狂傾瀉，不分軍用民用目標的情況下，仍然有超過半數的藏品毀於戰火。

這也是為什麼，我在台北公會堂開幕式提問的「贋品說」，會引起軒然大波。業界咸知，《水牛群像》共有三處典藏：台中國美館一幅複製品，台北北美館一幅複製品，而真跡鑲嵌在台北公會堂。兩座美術館所藏雖非真跡，但有數十年典藏的歷史，確實也是別具意義。如果公會堂的真跡被毀，將這兩處的典藏移轉過去，相信也是大多數人所能接受的，最佳的解決方案。

然而，國美館與北美館的版本，都在戰時便傳出可能炸毀的消息。

現在，竟又出現總統親臨揭幕的那一幅。那會是真跡嗎？

兩座美術館至今仍未完整公布被毀的藏品清單，公會堂的毀滅性坍塌卻是所有人都看見的。而此刻，又由北美館主導了奇蹟式的「真跡重現」，自然引起了圈內到圈外，人們普遍的疑問——會不會是北美館以假充真了？只是大多數人，仍不想戳破這有益於民心士氣、在戰後一片凋敝之中少數正向的盛事，因此選擇疑而不問。

但我問出口了。並且，將隱伏在檯面下的種種困惑，寫成了系列報導。

我現在任職的，並不是之前那家主打深度的藝術媒體，而是一家新聞網站附屬的藝文版面。因此，我的上司與藝文圈沒什麼人際連帶，也就沒什麼顧忌，樂意看我用這一「危險」的選題，換得巨大的聲量。

一時之間，我在記者會上發問的影片和我所撰寫的報導，引起了激烈的論戰。

負責《水牛群像》修復工作的北美館，頓時成了眾矢之的。

館方給出的解釋是：當時的空襲確實摧毀了公會堂百分之六十以上的結構。本來他們也以為，《水牛群像》勢必被炸成碎片，難以倖免了。不料，在戰後啟動復原工作之後，才發現它所在的那面牆，奇蹟似地「整片坍下」，以其背面扛住了崩落的建材。於是，作品本身除了輕微的破損之外，整體結構大致完好。外傳北美館「趕造贗品」之說，實際上是館方委託修復團隊加速復原之誤。

為了加強說服力，館方還提示民眾，參觀時可以特別注意水牛角。牛角上，保留了幾處肉眼可見的擦痕——這是館方與修復團隊討論之後，決定留下的歷史見證。

我早料到他們會這樣回答，於是隔日又以化名另出一篇報導。報導的主軸很簡單：根據公開的標案資料，此一館方口中的「修復團隊」，非但不是以雕塑品修復為業的，更是一家八竿子打不著關係的ＡＩ影像製作公司。

輿論熱度又再上一層樓。一時之間，物價飛漲、治安惡化的問題，彷彿都比不上水牛的蹤跡重要。彷彿若是證明了此刻公會堂的那一件是贗品，我們剛剛制訂新憲的這個新國家，也將因此成色不純了起來。

為此，台北市議會強力要求孫向雲館長進行專案報告。

我打開直播，看著父親衰老到近乎乾枯的表情。我是有過不忍，但想到他為我前半輩子劃設的那方院子，就有一股更加強烈的情緒，推動我打出手中所有的牌。

其實，我早已知道那幅《水牛群像》不是贗品。

我曉得他們是怎麼把它力保下來的。我也曉得，他們最不能承認的，是為何能夠未卜先知地保住它。

我只是想聽到父親，以及他背後所牽連的那些層峰人脈，為此親口道歉。

在紐約的時候，廖德殷先生就提過，父親曾與他討論這類大型雕塑的戰時保存計畫。他們後來的結論是，不能臨到開戰前夕，才來施工拆除。這會陷入兩難：提早施作啟人疑竇，恐有洩漏情報之虞；但若到戰時才動手，又可能缺乏必要的人力和時間。所以，兩老參詳出來的方法是，承平時期以歲修、保養為藉口，先將雕塑從牆上取下。接著，將關聯的牆體置換成模組化結構，預先做好能夠快速拆卸的裝置。如此一來，一有任何狀況，最快只需要一個晚上，就能以簡單的機具，連牆面帶浮雕一同「挖」下來，轉移到大型貨櫃車上。

「沒想到，總統選了中山堂演講。也沒想到，共軍竟然真把它列為報復目標！」言下之意，廖德殷先生顯然也惋惜，明明早已想好了預案，卻還是沒來得及把《水牛群像》送去安全的地方。

我本來也是這麼以為的，直到北美館釋出了「真跡修復完成」的消息，我才恍然大悟。

公會堂被擊毀，是我整場戰爭期間，最無法磨滅、最過不去的創痛。所有網路上能夠找到的影片、照片，我都反覆看過。不只一次，我也會趁著天氣不佳、沒有空襲風險的日子，沿著封鎖線散步，從不同角度注視那令人痛心的廢墟。

那是我親眼所見。建築本體被破壞之徹底，絕不可能讓《水牛群像》全身而退的。

除非，真跡從一開始就不在那裡——蘇敬雅演講之時，背後的那幅雕塑，早已被連夜拆卸，換成了複製品。哪裡有複製品呢？扣掉台中國美館，自然是北美館最有可能「出借」展品了。這也符合蘇敬雅在戰爭期間的施政風格：盡可能維持「日常」，向全世界展現我國的「韌性」。所以，公會堂的《水牛群像》不能撤離，但可以以假代真，把真跡換進北美館的庫房保存起來。這一政治性的安排，剛巧陰錯陽差地，使真跡躲過了轟炸，得以在戰後重回眾人目光。

廖德殷先生猜錯了，父親確實劍及履及，早就實踐了他們的構想。

這本來可以是一樁佳話。但只有一個問題：

如果北美館是趁著二〇三七年初，藉「歲修」的名義完成了模組化結構，使得開戰演說之前，就能在極短時間內轉移藏品，那是否就意味著，政府高層早在那個時候，就已經知道開戰難以避免？

我知道這個問題的答案。因為我當時被派去紐約的標案，是早在春節前就確定下來的了。

孫向雲館長，您要怎麼在媒體注目之下，回答這個問題呢？

那不是一座美術館的問題，背後牽連的是整個政府的威信。

救下一幅曠世巨作，是一樁佳話。「只」救下一幅曠世巨作，而沒有選擇提前向國民示警，則會讓所有因戰爭而失去家人的家庭，陷入強烈的憤怒。

現在，所有壓力都落在父親的肩上。

我對父親不是沒有不忍，不是沒有歉意。可是，我的朋友，我的同學，我的學弟妹和業界的後輩。光是我小小的人際圈裡，就有十幾人永遠長眠了。如果他們和父親一樣，能夠提早得到消息……。

我因為父蔭存活至今，而我唯一能稍稍填補這份愧疚的方式，便是親手摧毀與之相關的結構。

戰爭結束了，不再需要為了對抗敵人，而為國家保留顏面了吧？

各路思緒繁雜，我仍然緊盯直播畫面。孫向雲館長站上了台北市議會的議場，開始他的專案報告。他會道歉嗎？或者，就算不是直接的道歉，就算沒有完全揭露真相，哪怕是流露那麼一丁點的歉意，我也願意盡力捕捉。我在心底暗自祈禱，拜託，拜託不要再以更多的謊言，試圖掩蓋這左支右絀的現實。不要逼迫我打出底牌，激起更多的議論與傷害……。

孫館長開口說話了。他先向所有議員問好，語調平穩，看得出來情緒激動，但仍有所節制。接著，他正對直播畫面，深深地一鞠躬。閃光燈如大浪襲捲而去，在他蒼老的白髮上打出陣陣殘影。這一鞠躬非常久，久到讓人們感受出某種未說先明的誠意。然而，實在是有點太久了，在螢幕前的我不禁困惑，螢幕裡的人們看起來也手足無措，不知道是不是該有一個人，去把孫館長攙立起來。就在遲疑間，孫館長忽然身子一軟，毫無預警地側身倒下，在鋪著絨布的地面上，撞出一聲悶響。

當天晚上，孫向雲館長因出血性腦中風，在台北市立聯合醫院逝世。

媒體風向一夕轉變。人們對「真跡」的好奇迅即消退，轉成對孫向雲館長的好奇。在大量私人性質強烈的報導沖刷下，很快地，我和他的父子身分被披露了出來——或許，那些知道此事的業界前輩，也不願意為我這樣的逆子保密了吧。我在這一波炒作裡，成為了弒父者、成為為了流量不擇手段的惡質記者。由此，我不但汙衊了國寶所代表的國族精神，也辱沒了我孜矻勤懇的父親，是不忠不孝的標本。

我再次辭去工作。公司要我別介意外面的說法，說我只是在盡一名記者的職責。話雖如此，他們並沒有慰留我。

我日日枯坐在父親的靈堂裡，以長子的身分行禮如儀，以長子的身分感受母親的悲痛，以長子的身分承受所有弔唁親友怨毒的沉默。他們恨我，而這是我應得的。父親所連結的人脈，那些政商名流、文人雅士，一一來到靈前上香，讓我真真切切感受他們的鄙夷。我無可反駁，求仁得仁。

現在，我確實親手摧毀了一切父蔭。

此後，這些人力所能及的圈子內，我必是寸步難行。

我將全盤接受，畢生不會有一字怨言。這甚至算不上什麼承擔，更算不上什麼道歉。

父親已經深深鞠躬過了，我的才正要開始。

公祭那天冠蓋雲集，記者擠歪了眾人送來的花籃。每個和我對上眼的人，最寬容的，也只輕微點頭致意。無意間，我在會場裡發現了廖德殷先生。他也點了點頭，隨之撐起略微僵硬的身板，篤定地向我走來。廖師母和母親相擁而泣，廖先生則要我節哀，並勉勵我未來要好好生活。廖先生沒有說，但我感受到他的擔憂，從而升起了難以言喻的愧意。我謝過他，試著不要露出倉皇的表情。在我正要退開的一刻，他叫住了我：

「你父親……，」他頓了一下，下定決心也似地搖搖頭：「你明天晚上有空，接我到市區內走走嗎？」

這是好一陣子以來，唯一一個主動走向我的人，我沒有拒絕的理由。

隔天傍晚，我們一起吃了晚餐。廖先生是萬華人，熟門熟路，知道哪裡有原汁排骨、魷魚羹和圓仔湯。我們吃吃停停，一路往北散步。不知不覺間——或者我該承認，我也早有預感——，我們來到了新開幕的公會堂。今晚的公會堂有一齣兒童劇，小孩在迴廊與樓梯跑跳，家長像被他們牽行的風箏。然而，《水牛群像》是掛在遠離表演廳的一側。我們一同漫步到此，仰視著那幅巨大的浮雕。四周無人，彷彿是全台北最安靜的角落。

「你有近看過《水牛群像》嗎？」

「小時候有，」我伸手搖了搖阻絕遊客進入的紅龍：「我會趁爸爸不注意的時候鑽進去，想跳高一點，去摸牛蹄、牛角。」

廖先生一笑。「現在他們掛得更高了。」

「是啊，只有大人才有機會搆著了。」

「你也長大了，何不現在試試？」廖先生注視著我，眼裡的笑意退去了一點點：「也許，你想知道的答案，一直都在這裡。」

「我沒有想知道的……。」

「試試吧。相信我。」

看來，這就是廖先生今晚之約的目的了。可是，為了什麼呢？我們不是早就知道答案，只是基於種種詭詐的心思，而從未有人坦承罷了。我並不覺得近看能多知道些什麼，這幅《水牛群像》的每一絲細節，我早已從不同角度、不同資料細細審視過千百次。然而，拗不過廖先生的眼神，我還是歪身鑽過了紅龍。如果有監視攝影機——想必有——拍下這一幕，又能炒高新聞熱度二十四小時了吧。但我已經黑到底，也不差這一樁。

於是我在牆前站定，如同幼時那般，起跳、伸手一撫——。

那不到一秒的接觸，手中傳回的卻是意想不到的觸感。

牛蹄……是軟的？是凹陷進去的？

我驚詫地退後幾步，瞪視著眼前的巨大浮雕。

一切如常，並無凹陷。它仍然樸實厚重，線條洗鍊而堅毅。

我再次起跳，摸到了雕塑的另一處。這一次，手掌不但感受到彈性，更有一種微妙的溫熱與麻癢，彷彿我碰到的不是一塊固體，而是一窩幼小的動物。待我一縮手，它們又通通復歸原位。

「你父親寫了一封很長的信給我。」

廖先生開口了。在這四下無人，唯有我們一起面對這幅鉅作的空間裡，廖先生緩緩地告訴我：事情其實和我想的不太一樣。確實，北美館不能洩漏「提早知道開戰訊息」一事，這是他們啞巴吃黃連的理由。但是，我在記者會的粗暴質問，也擊中了另一件極難解釋之事——這幅《水牛群像》是贗品嗎？不，它絕對不是贗品，它的每一部分材料，都百分之百來自真跡。只是，它似乎只能在一種極為特異的觀念裡，才能被理解為「真跡」。

在孫館長統籌下，《水牛群像》的真跡早在總統演說前數日，就完成轉移工作。

它被放在鄰接基隆河的典藏庫房地下室裡，位於北美館西面。一般來說，就算是遭遇直接的飛彈襲擊或火砲轟炸，該庫房也不會有直接的損壞。

然而，庫房南側不遠處，恰好是憲兵司令部。

在那一波擊毀了公會堂的大規模空襲裡，憲兵司令部當然是目標之一。一直要到很後來，孫館長才知道，共軍襲擊軍用設施所使用的彈藥，並非一般的飛彈。為了確保摧毀效果，共軍使用了為數不少的新型「鑽地導彈」——一種能夠從上到下，突入地下室空間，再行爆破的彈藥。

憲兵司令部遭遇了襲擊，附近的防空系統攔截了一些彈藥，但還是漏了一些。因此，在同一波空襲裡，《水牛群像》的真跡也被震波傷害，碎成了一百六十二件破片。

廖先生說，他可以從字裡行間，感受到父親的沮喪。明明已經成功移轉了，為什麼最後還是保不住它？

說著，廖先生深深地看了我一眼。

我閉上眼，想起我當時火速回國，站在老家門前時，父親沉默的面容。

廖先生繼續說：總之，最有典藏意義的三幅《水牛群像》，至此確定全毀。不過，弔詭的是，比起在爆炸、火勢當中熔融殆盡的兩幅複製品，真跡反而是部件保留得最完整的。在戰爭期間，孫館長一面繼續保護現有的藏品，一面和自己信得過的幾位專家反覆商討，希望能找到復原之法。以傳統的藝術品修護方法復原，自然是最穩當的做法。然而孫館長對此不甚滿意，總覺得在什麼地方差了一點。

父親為此殫精竭慮。他在信中告訴廖先生，他必須找到最完美的辦法。

「我不能什麼都不做。」他說。

最後，他們想到了。

根據過去的電子化資料，館方有能力為一百六十二件破片編號，並且精確標定它們的相對位置。接著，他們為這些破片裝上了超小型無人機，背後以一套多次調校過的ＡＩ系統控制，組成一個長五點五公尺、寬二點五公尺的方陣。除此之外，展場也隱密地設置了投影裝置，由同一系統統籌，負責補正在不同光影、角度和溫濕度狀態下，需要動態微調的細節。

由此，人們看到的其實並不是「一幅浮雕」，而是一組浮動、懸停的「破片矩陣」。

而微妙的是，矩陣中的每一破片，又確實是原汁原味的「真跡」無誤。

這幾乎就是倒反過來的忒修斯之船——當所有零件都被置換，它還是同一艘船嗎？當所有零件都「沒有」被置換，但並不以原來的方式組裝，它還是同一幅《水牛群像》嗎？

這也是為什麼，我的手碰到「牛蹄」時，會有微妙的、向內凹陷的彈性。

那是密集的無人機被微微推開的觸感。只要我一縮手，ＡＩ就會讓它們回到原來的位置上。

而這面牆，長期以來，就以紅龍圍阻，很少會有人近距離碰觸。因此，可預期的是，短期內不會有人發現它的異樣。

「我猜，他希望我告訴你。」

廖德殷先生面容溫藹。他說，父親留下了近似遺言一般的條件：若有人無意間發現了《水牛群像》的祕密，北美館便會主動說明如此設計的原委，及其背後的設想；或者，此一祕密在孫向雲館長逝世後，任何知情者都能主動公開，北美館不僅不會追究保密責任，並會為之背書。

——父親相信，不管是上述哪一個公開時點，應當都已是台灣社會更有餘裕，去理解「為什麼政府提早得知了戰爭警訊，卻不能在第一時間公告周知」。只是他並沒能料到，他那試圖衝出院子的兒子，自作聰明地打亂了這一切。

「現在你知道了，就由你決定是否公開、如何公開吧。」廖德殷先生輕聲說：「無論是以什麼身分。」

+

以上，就是我寫下《水牛的影跡：由黃土水到孫向雲》的始末。在本書裡，我將以藝術評論者——而非藝文記者——的角度，剖析黃土水・孫向雲兩人，在歷史的因緣與重層之下，意外且跨越時空的「聯合創作」。此書不但將揭露《水牛群像》的真偽問題，更將進一步探討孫向雲的藏品保存策略，如何意外地「再創作」了《水牛群像》，乃至於以一種饒富興味的方式，重寫了藝術史。

我將試圖闡明：孫向雲採用技術的手法，有意無意地保存了戰爭的刻痕，銘刻了「在場」與「移動」的歷程——它將原本定型的浮雕，「復原」成為具有彈性的、分散式的仿有機體。它不但還原了《水牛群像》的原型，也並沒有因此遺棄了它的破碎。從而，它呼應了歷史經驗與物質經驗的實存。

時至今日，當《水牛群像》真偽問題，與孫向雲之死早已淡出媒體視野的多年後，仍有出版社願意印行本書，我深感謝意。或許，正因為時間已經離得夠遠，正因為人們的激情已多少淡去，而我已經充分體味了人事的流轉與冷暖，此書才有了誕生的條件。在過去數年的思索中，我越發相信：作為家父最為失敗的作品，我餘生唯一的責任，就是好好將他最好的作品詮釋出來。我至今仍時時想起，我的手掌碰觸到

《水牛群像》的無人機矩陣時，那微妙難言的觸感。我十分詫異、驕傲與感慨，這麼長時間以來，竟然還沒有任何人發現它的祕密；我也因而完全理解，所有知情者之所以仍保持沉默，就是為我留下這個「完成使命」的機會。這麼說起來，我確實仍活在父蔭裡。這恐怕是永遠無法否認，並將與我的生命如影隨形，至死方休的印記了。

是為自序。

國家圖書館出版品預行編目（CIP）資料

群島有事 / 朱宥勳著 . -- 初版 . -- 臺北市 : 大塊文化出版股份有限公司 , 2025.09
面；　公分 . --（to ; 143）
ISBN 978-626-433-064-0（平裝）

863.57　　114011026

LOCUS

LOCUS

LOCUS

LOCUS